北望园文论丛书·文学专论系列

文学的内外

张涛◎著

时代文艺出版社

图书在版编目（CIP）数据

文学的内外 / 张涛著．—长春：时代文艺出版社，2017.9（2021.5重印）

ISBN 978-7-5387-5402-5

Ⅰ．①文… Ⅱ．①张… Ⅲ．①文学研究－吉林 Ⅳ．①I209.934

中国版本图书馆CIP数据核字（2017）第045243号

出品人　陈　琛
责任编辑　孟宇婷
装帧设计　陈　阳
排版制作　毛倩雯

文学的内外

张涛 著

出版发行 / 时代文艺出版社
地址 / 长春市福祉大路5788号　龙腾国际大厦A座15层　邮编 / 130118
总编办 / 0431-81629751　发行部 / 0431-81629755
官方微博 / weibo.com / tlapress　天猫旗舰店 / sdwycbsgf.tmall.com
印刷 / 保定市铭泰达印刷有限公司
开本 / 880mm×1230mm　1 / 32　字数 / 108千字　印张 / 5.5
版次 / 2017年9月第1版　印次 / 2021年5月第2次印刷　定价 / 29.80元

图书如有印装错误　请寄回印厂调换

序说 "北望园"

张未民

北望园是一座房子,红瓦洋房。

不较真的话,也可以扩大点儿说北望园是一个以红瓦洋房为主体的院落,院落里还包括紧挨着的一处茅草房屋。为什么北望园要包括这处格调不一样的茅草屋?因为在小说家骆宾基的笔下,这座茅草屋和红瓦洋房的居民共同构成了一个生活氛围。这个氛围、这个生活有一个揪心的背景音从茅草屋传出,感染了整个院落,就叫作"北望"。

表面上,茅草屋和红瓦洋房共同的生活格调是庸常的,一地鸡毛,这种"表面"的生活也是小说家主打的生活景象。但是因为租住茅屋的有一位流落此地的北方来的美术教员,是位绘画艺术家,每当闲时或入夜,北方家园的乡愁便随风摇曳潜入院落,似水银泻了一地。因此,实际上倒是茅草屋更体现了红瓦洋房的名称主旨,那似乎潦倒流浪的茅屋生涯僭越了主体红瓦洋房,成为北望园动人而敏感的心悸。

说到这里,应赶紧交代,我们的"北望园"是著名的"东北作家群"成员之一骆宾基先生在其小说名篇《北望园的春天》中设计并建造的。它在大西南"甲天下"的名城桂林,坐落在丽君路上。

如果今天让"北望园"走出虚构，我相信，它是可以作为一个有着 20 世纪 40 年代西南风情和作为战时反讽存在的那个时代生活标本意义的旅游景点的。一边是大后方的庸常苦涩的生活，一边是遥远眷恋还乡的北望，东北作家的天才构思再一次显灵，他们总能于日常生计状态中提供悖论，拨动家国的神经，让慵懒的市民及其日子划过一道超越的、自由的、还乡的、情感的渴望之流光。这是一篇提供了生活反讽、进而提供了时代反讽的小说。北望园之名，乃是想象力反讽的标签与象征。想一想吧，居于南而有"北望"，平常心灌注进遥远的想、异常的想，东北作家所创造的空间美学不打动人才怪。于是北望，于是就有了那个时代之痛，那个时代的北方，尤其是东北，不仅有"雪落在北中国的土地上"，还有日本侵略者的铁蹄，一个字：殇。

北望，涉及一种叫作中国视野、中国时空的思维。地分南北，又共组时空。这种中国时空的完整性不可破碎，却总于现实中破碎，这破碎于是衍化为一个绵长的诗学传统"北望"，构成了对破碎的抵抗和诗性正义。"死去元知万事空，但悲不见九州同。王师北定中原日，家祭无忘告乃翁。"这是陆游的北望。在这样的北望中，天边的北方早已"铁马冰河入梦来"了。更知名的北望发生在唐安史之乱时期，杜甫写下了"国破山河在，城春草木深。感时花溅泪，恨别鸟惊心"的诗句。杜甫将其题为"春望"，但实质就是在蜀都草堂向北方关中帝都的北望。杜甫还说："老病南征日，君恩北望心"，"南京久客耕南亩，北望伤神坐北窗"。同是唐代的元稹的"我是北人长北望，每嗟南雁更南飞"，与杜甫诗句展开的思念空间具体内容可能不同，但都是中国时空的情调咏叹。然后，"中秋谁与共孤光，把盏凄然北望"（苏轼）、"北望可堪回白首，南游聊得看丹枫。"（陈与义），这样典型的中国姿态又感染到了宋代人的凄恻情怀，而陆游笔下的"北望"，则是中国文学史上最为突出和成功的，构成了一种抒情形象的"北望"。当然，除了北望，还有西望、东望、南望；如"西北望，射天狼"，东北望，"拔剑击大荒"，等等，不一而足。

中国文化重"望"。来到现代，骆宾基在这篇毫不逊色于现代中国任何优秀小说的作品中说，我怀念北望园的春天。这怀念什么样？怀念是一种望，是一种爱，爱在南方，有南方才有北望，要多惆怅就有多惆怅。

是该纪念纪念北望园了。

近八十年后，我们提议以北望园的名义再建一座大房，或一个院落。在当年被骆宾基北望的故乡，吉林省作家协会要编辑出版"吉林文论系列丛书"，蓦地想起，就叫它"北望园文论系列丛书"吧。既为"系列"，一望而三，有三个系列：文学评论家理论家个人文集系列、文学专论系列、文学活动文集系列。合起来，这是个中国地方性的文学社区，是中国文学的北方院落之一，我们就在这里望文学，或让文学望望我们。

望字之奇妙，于此构成了多重关系。首先，我们愿意将文学评论（理论）视为一种"望"，中医方法与技术，说望闻问切，望为中医四诊之首，望既可以当作一种文学评论的诊断方法、途径的指代，也可以当作望闻问切四种诊断方法的代表，一望便知，一望解渴，一望解千愁，真的可以满足借喻、指代文学评论的功能。其次，望总有方向，总有立足方位，望与家园相伴，所谓北望园，三字经，包含瞭望的视觉表述、北的方向方位的表述、立足的家园土地的表述，可谓要素组合齐备。尤其"北望"，与我们这个所谓文学评论社区又在方向方位上切己相关，真是一个好辞。当然，当年骆宾基受条件限制，其北望是由南向北望，而我们这里的文学评论之望，则可以有更多的交互与方位切换，包括由南向北所望，也可以立于我们的中国北方、中国东北而向南望去，向东向西望去，还可以北方文学北方作家之间的欣赏或自望，毕竟，北方、东北何其巨大辽阔，可容纳无尽的多向交叉叠压的北望的目光。北望，就是来自北方的望。再次，就是要借以向中国文学中的北望主题和北望表现传统致敬，向东北作家群的先贤们致敬，为了忘却的纪念（我们是否有过忘却？）和为了不忘却而纪念，庶几可大其心而尽其性。在这种望的判断力价值、方向价值与家园意识之外，望其实还提供给我们一种高尚的望，即仰望。抬头望见北斗星，心中有了想念。文学，哪怕是文学评论，都应是想念着什么的、想念了什么的。

　　骆宾基是吉林珲春人，除了是著名的作家外，还是一位有着跨界研究成就的金文学家。他和另几位东北作家群代表性作家萧军、端木蕻良、舒群等，1949 年后都未能回到东北老家，大都落脚于北京市的作家协会，所以离世前大约一直还保持着漫长的"北望"的姿态吧。那里有他们新的"北望园"否？坐落在北京市前门大街和平门红楼宿舍等处，他们在那里依然在说"我怀念北望园的春天"否？都不可能知道了。都不可能知道了我才敢说，我知道，他们一直在"北望"。

　　本丛书前年已出版了两种，朋友们建议，让我写几句话权当为序，显得郑重些，于是就写了以上话。

目　录

第三辑:文里文外

第一辑：
关里关外

东北文学的"味道"

——关于东北文学文脉与风致的札记之一

　　莫言在 2001 年有过一次讲演,讲演的题目是"小说的气味"。彼时的莫言还没有获得诺贝尔文学奖。莫言在演讲中主要谈了一个问题,就是作家创作与故乡的关系。莫言说:"从某种意义上说,大马哈鱼的一生,与作家的一生很是相似。作家的创作,其实也是一个凭借着对故乡气味的回忆,寻找故乡的过程。"只要我们回溯一下中外文学史,看看那些优秀的、伟大的作家的创作历程,就会发现莫言的说法是很有道理的。

　　我以为优秀的作家,在其创作过程中一定会与故乡有着千丝万缕的、扯不断理还乱的关系。故乡是他们创作取之不尽、用之不竭的资源。在他们的文学生涯中,或是反复书写故乡的人与事,如鲁迅笔下的绍兴,张爱玲笔下的"旧上海",沈从文笔下的湘西世界,莫言笔下的高密东北乡,再如美国作家福克纳,他最主要的作品都是在写他的故乡——

约克纳帕塔法；或者是故乡的生活直接塑造了作家的人生态度与文学风格，如鲁迅在故乡经历的家道中落时的生命体验，让他体味到了人性的冷漠与世态的炎凉，这对他日后的怀疑主义与反抗绝望的文学风格均产生了重要影响。环顾中外文学史，这样的例子不胜枚举。在我们东北文学的历史中，我们同样可见东北作家与这片黑土地的紧密联系，以及由此生发出来的独具特色的文学味道。

东北作家群在中国现代文学史上留下了重要的足迹，其中，萧红与萧军是影响比较大的两位作家。离开东北到上海后，他们与鲁迅有较多交往。鲁迅帮着他们出书，为他们的新书作序，还与他们有较多的通信往来，尽一个长者的所能帮助两位来自东北的文学青年。在这些文字中，除了关心提携文学后辈外，鲁迅也数次谈及了"二萧"在文学创作中的成就与问题。我以为，鲁迅对"二萧"文学成就的敏锐体察，道出了东北文学独特的味道与风韵。上海文坛有人批评萧军的作品有土匪气，鲁迅在 1935 年 9 月 1 日写给萧军的一封信中说："'土匪气'很好，何必克服它，但乱撞是不行的。"鲁迅在给萧红的成名作《生死场》所作的序言中，赞扬萧红对"北方人民的对于生的坚强，对于死的挣扎，却往往力透纸背；女性作者的细致的观察和越轨的笔致，又增加了不少明丽和新鲜"。我以为，鲁迅所言的"土匪气"与"越轨的笔致"，大体上触及了东北文学"味道"的精髓所在。或者我们可以说，"野性"与生命的"力度"是东北文学"味道"的本质所在。这或许是由我们的地域特点与文化历史决定的。

如果单纯地论文化，我们没有中原文化的悠久与厚重，也没有江浙文化的细腻与精巧。但这片未经烂熟文明"浸染"的土地，最大程度上保留了生命中的"野性"与"力度"。加之沃野千里的平原，贯穿其间的大山大河，以及到了冬季的"北国风光"，这些都为这"野性"与"力度"带来了更深、更强的博大与冷峻。

我以为，作为东北的作家应该固守这份难得的独特的地域文化馈赠，由此来生发、构建起自己的文学世界。这份独异的文化地理是东北文学创作的根基所在。我们东北作家的着眼点主要不该在"北上广"，该在这片黑土地上。即便是写"北上广"，也该以我们的文化视角来写。在中国现代文学史中，沈从文的创作或许能给我们东北作家带来一些启示。当年沈从文离开湘西独自在北平漂泊，开始并没受到多少关注。但后来，他带着他的"湘西世界"开始在现代文坛上崭露头角，直到成为中国现代文学史上的著名作家。其创作的影响，时至今日仍然"在场"。我们从沈从文的作品中可以发现，这些创作或是展现湘西世界的淳朴与宁静，如《边城》；或是以"乡下人"的视角审视城市文明，即以乡土文明来批评城市文明，如《八骏图》。如果我们东北作家也能如沈从文一般，用"边缘"视角来看待我们的时代与周遭，从"大东北"看"北上广"，借用毛主席的诗词来说就是"冷眼向洋看世界"。以"大东北"的"冷"看"北上广"的"热"，或许能看出一番"新天地"。这"别有洞天"的视角与姿态，或许才是东北文学的特色，乃至于是对当代文学的贡献。

我是文学创作的"门外汉"，但一直在读文学，学文学。以上诸言皆是"门外谈"，所言能有所益当然是好；如果所论言不及义，就当是"站着说话不腰疼"，还请各位文学创作的"门内汉"见谅。

人人心中都有一本"暗账"

——朱日亮小说琐谈

在今天这样一个消费主义甚嚣尘上的时代里，不仅我们的物质生活被消费着，我们的精神生活同样也被消费着，且消费的形式层出不穷。生活的艰辛与物质的诱惑，是现实生活中的两极，让芸芸众生在其间疲于奔波应付，甚至几乎把全部的能力与精力都投注于此。这使得我们在现实生活中，反而忽略了精神生活的存在，或者是忽略了精神生活的高贵与纯粹。这也正如德国哲学家老黑格尔在他的《哲学史讲演录》中说的那样："现实上很高的利益和为了这些利益而作的斗争，曾经大大地占据了精神上一切的能力和力量以及外在的手段，因而使得人们没有自由的心情去理会那较高的内心生活和较纯洁的精神活动，以致许多较优秀的人才都为这种艰苦现实所束缚，并且部分地被牺牲在里面。因为世界精神太忙碌于现实，所以它不能转向内心，回复到自身。"除了消费的逻辑渗透到了我们的精神生活中之外，还有就是我们的生活太"贴近"现实，太忙碌于现实，使得我们的精神境界与现实过于"亲密"，缺少对现实的"超越性"，因此，所思所想均是如何生活得"现实"。而文学恰恰是对现实的"超越"，如果说"脚踏实地"是社会生活的准则，那么文学生活坚守的就应该是"仰望星空"。这里的"仰望星空"不是指我们的文学"不食人间烟火"，缺少"人间情怀"，而是指文学生活与现实生活应该有一种"距离感"，即文学应该超越于一时一地的现实生活，摆脱现实生活的功利性，以一种悠远博大的境界和深沉厚重的情怀去关照现实生活。这就是我所理解的文学，或者说，我所理解的好的文学，就该是这个样子的。

对于中国文学界而言，2012年最大的事件，无疑是莫言获得了诺贝尔文学奖。莫言获奖在缓解了国人的"诺奖焦虑症"的同时，也掀起了一股"莫言热"，无论是实体书店，还是网络书店，莫言的作品均是铺天盖地。但是，"莫言热"并不意味着"文学热"，只是在这个消费主义时代里，莫言因为获奖，又被大家一起集中地"消费"了一次。在这个时代里，严肃文学的创作无疑还是被边缘化的，它们躲在这个时代的角落里，默默地注视着这个时代的千变万化。从事严肃文学创作的作家们，也用他们的文字表达着对时代巨变的思考。他们笔下的生活，看似与我们遥远，其实不然，他们笔下的生活可能就是我们现在的生活，可能就是我们曾经有过的生活，可能就是我们将要经历的生活。总之，他们表达着这个时代里芸芸众生中的一种生活。这种生活或是"历史"，或是"现实"，或是"可能"，无论怎样，它们都与我们息息相关。在朱日亮的小说《暗账》中，我们就会感受到这些与我们息息相关的生活。

《暗账》是一部中篇小说。一般而言，企业都有两本账，一本是明账，一本是暗账。用小说里的话说就是："真实的油水其实都藏在暗账里，那是企业的秘密，那才是良心账。企业会计几乎都做过这样的暗账，所以，在会计这把椅子上，坐着的往往是老板的亲属。"小说的女主人公叫李玉，她原本在内地的一家开关厂做统计，每天工作繁忙琐碎，这让李玉对这份工作怨声载道，加之又被是小公务员的男友挑三拣四，便索性与之分手，只身一人来到了深圳。初到深圳，工作也不顺利，换了几份工作后，最后又到了一家开关厂工作，李玉的命运转了一大圈，在千里之外的深圳又似乎回到了原点。然而，生活哪里能够原封不动地回到原点，它或是前行，或是倒退。在深圳，李玉的生活理想就是成为一个深圳人，准确地说就是一个有深圳户口的白领。这个理想并不算高远，但实现起来，却又有些遥不可及。在理想和实现理想的焦虑中，一个男人出现在李玉的生活中，这个人就是老普，李玉在开关厂的顶头上司。老普这人很精明，他抓住了一单生意，自己办了一家开关厂，自己也从小主管变成了老板。李玉在老普的动员下，跟着老普到了新厂子。李玉想在新厂里做会计，可是老普还是让她做统计。其实，老普对李玉有两本"账"，一本是明账，一本是暗账。老普的"明账"是让李玉帮着自己管理新厂的账目，这个是"利益"；老普的暗账是他对李玉的"非分之想"，这个是"欲望"。在企业里，一般管暗账的都是自己的亲属，可是李玉不是老普的亲属，那么，老普就要把李玉变成自己的亲属，这样一来就可以人财两得了。这就是老普心里的"暗账"。

老普是有妇之夫，而且他的妻子已经从各种"道听途说"中知道了老普和李玉之间的"故事"。这样一来，李玉真的就成了老普的"暗账"了，她基本就不出现在厂子里了，只是住在家里，她成了一个"隐身人"。只有老普和他的司机于伟知道李玉的"存在"。而事件的复杂就在于，于伟也是喜欢李玉的，只是因为老普的存在，于伟一直没有机会向李玉一吐衷肠。

老普对李玉的关心是无微不至的。他一方面指导李玉买基金，帮李玉赚钱，成全李玉要做深圳白领的梦想；另一方面，他细致入微地呵护着李玉的情感，不放过每一次走进李玉内心的机会。老普一般都是在送取报表的时候，才来李玉这里。一天晚上，老普突然出现在了李玉这儿。这天是李玉的生日。李玉自己都忘记了，还是妈妈提醒她，她才想起来，但是李玉没有心思过生日啊，心里责怪妈不该提醒她，如果不提醒她，她也就忘记了。人独处的时候，免不了就要胡思乱想，这几天李玉就想，其实也不是一点儿工夫没有，她的生日是六月，赶上一个双休日，是完全来得及的，因为前面有一个黄金周，所以六月是淡季，一般在这个月份，飞机票甚至打到了两折，比火车也贵不了几个钱。但是坐飞机——李玉觉得那还是太奢侈了，那不是她这种人该过的日子，她还够不上那样的档次。李玉虽然没有给自己过生日，但是，老普却记着李玉的生日。对于老普的突然出现，李玉有些不知所措，尤其是面对拿着蛋糕和红酒的老普，"李玉说，你这是干什么，你不是来取报表的吗？老普说，知道今天是什么日子吗？李玉说，是什么日子？老普说，今天是你生日。李玉吃了一惊，说，你怎么知道是我生日？老普说，想知道就会知道，你不是把身份证给我了吗，忘了吗，认购基金不是要用你的身份证吗？"紧随错愕之后的，就是感动，除了妈妈外，就只有老普还记着李玉的生日，而且还正经八百地来给她过生日了。李玉一下子感动起来，而且是很大的感动，她想不到老普这么细心，顺手一过的那么一会儿，他竟然就记住了，男人如果把细心用到女人身上，特别是在女人需要这种细心的时候，特别这个细心又和关心连在一起，那么没有哪个女人会不感动的。李玉说，谢谢你老普。"孤独可以让一个人的内心变得坚强，但同时，孤独也能让一个人的内心变得脆弱，在特殊的情境下，一颗孤独的心又是那么容易敞开，收留另一颗心。

　　就在李玉感动于老普的一举一动的时候，于伟给她打来了电话。从小说中，我们或许可以推测，于伟也该知道今天是李玉的生日，他也想在李玉最孤独、最需要一个人来宽慰温暖自己的时候出现，所以他才会在晚上给李玉打来这个电话。于伟没有直接说要来给李玉过生日，而是告诉李玉他明天来取报表。李玉告诉他老普来取了。于伟似乎察觉到了什么，不一会儿就打电话来，问李玉老普走了没？李玉和于伟撒了个谎，说老普刚走。于是，于伟就在电话里，揭露了一下老普对李玉的"别有用心"，"知道吧，你的那个基金没有分红，那是老普拿自己的钱贴补你的。"于伟的这番话，无疑是在拆老普的台，是想告诉李玉老普对她不是单纯的"好"，而是有着更多的"想法"，让李玉通过基金赚钱只是老普的"明账"，而得到李玉才是老普的"暗账"，这才是老普最本真、最切实的想法。这一晚，李玉喝醉了，老普没有走，留下来悉心照顾李玉。

　　第二天，老普故意给于伟打电话，让他来李玉这儿取报表。老普见到于伟后，就对他说："昨天是李玉的生日，我喝酒喝多了，于伟你等着我，我先洗把脸，一会儿你送我出去办事。"听了老普的话，于伟的脸色极为难看，就说到楼下的车里去等老普。老普所言所做，其实都是在给于伟看，说白了，就是要给于伟一个既定的"事实"，昨晚我住在这里了，而且我已经把这里当成"家"了，所以才会说出这句带有"主人"口吻的话，"我先洗把脸"。这个"事实"对于伟的打击无疑是巨大的。其实，在这个时候，李玉是夹在了老普和于伟之间，两个喜欢自己的男人，都在借助自己来给对方拆台，向对方示威。在这番对垒中，无疑是作为厂长的老普，利用他的各种"实力"取得了"先手"，给于伟当头一棒。在这一回合中，于伟算是败下阵来。

老普终于得到了李玉。老普把李玉的家也当成了自己的"家"，出出进进，穿衣戴帽也随便起来。即便如此，于伟似乎仍没有放弃对李玉的追求与期待，只不过他没有老普有"实力"，他以另外的方式与李玉保持着联系。而在李玉的心里，也一直没有忘记于伟，有的时候甚至还会想起于伟，"女人想着一个人，一开始往往是很抽象的，但是想着想着，就会具体起来，李玉也是一样。李玉想起有一次于伟给她安装空调，那一天他热得汗流浃背，她还让他冲了凉，那一天他冲凉过后躺在沙发上睡着了，于伟的睡相就像一个孩子，李玉想起于伟那一面鼓似的胸膛，她觉得奇怪，因她从没想过老普的胸膛，老普也没有那么一面鼓似的胸膛。"如果说可以让李玉做一个有深圳户口的白领是老普的"实力"，那么"一面鼓似的胸膛"就是于伟的"实力"。有一天，李玉终究是没有克制住自己心中的"暗账"，她被于伟"一面鼓似的胸膛"紧紧地包裹住了，她没有挣扎与反抗，她想：

"就让于伟抱下去吧,就凭他冒着这么大的危险来看她,就凭他东躲西藏还会想起她,就凭他和她还这么年轻,抱就抱吧。然而李玉知道,于伟这样抱她可能只是个序幕,他俩不会只这么抱下去,序幕后面才是正戏,正戏就正戏吧,说不定这就是她的命,她命中注定就有这么一劫!"自此开始,李玉就在老普与于伟两个男人间挣扎,说到底还是在她的"明账"与"暗账"中挣扎。可是挣扎到最后,李玉似乎顿悟了,不管是"明账"还是"暗账",人生其实就是一笔账,她觉得"原来邂逅的于伟只是一种表象,就像开关厂明里的那套账目一样,先前她还觉得于伟和老普不一样,现在看,于伟就是一个年轻的老普"。

朱日亮的《暗账》可贵与深刻之处就在于,它以都市生活中为生计奔波的普通人为背景,通过他们在现实生活中的努力与挣扎,展现出了人性的多面与复杂。在展现光怪陆离的都市生活的同时,更直抵了人性中的"明账"与"暗账"。如果说"明账"是正大光明的人生理想与靓丽多姿的生活,那么这本"暗账",就是人性隐秘处的意识流动,同时也是永恒的本能欲望。在光鲜的"明账"下,永远涌动着隐秘晦涩的"暗账"。而小说《暗账》恰恰就与这本人性的"暗账"达到了完美的契合。

夜晚是悲伤的催化剂

——蒋峰小说阅读札记

我必须坦言，在写这篇文章之前，我对蒋峰一无所知，甚至都不知道在当代中国文坛上还有一位来自长春的叫蒋峰的作家。我是一个只能读小说，而不能写小说的人，所以，对那些能写小说的人，总有一种天然的敬意，尽管好多小说让你读后有一种难以言表的"痛不欲生"。但是，读蒋峰的小说倒没有给我带来这种痛感。

"夜的眼"：冷峻与悲伤

蒋峰是一位 80 后作家，我也是 80 后，虚长蒋峰两三岁。蒋峰出生在长春，我出生在辽宁的一个工业城市。同为东北老工业基地的 80 后，我对蒋峰的文学记忆与文学书写很好奇。在他的文学创作中，为何都是"灰色"般的记忆？蒋峰小说的基调与气味都像是在夜里一样，尽管很多场景写的都是光天化日，但那种悲伤、无奈的氛围，就像失眠的夜晚一般，绵密而漫长。

蒋峰说过，童年是他最重要的文学记忆。在蒋峰小的时候，外公给他留下的印象最为深刻，他小说的许多故事都是关于外公的。从蒋峰的一些小说中，我们可以看出，蒋峰的童年大体是生活在汽车厂的职工小区里。按照当时一汽的状况和工人阶级在社会的地位来推断，蒋峰的童年记忆或许不应该是"灰色"的。如果蒋峰的创作谈是真实的话，那么我们可以推断蒋峰关于童年的"灰色"记忆，应该来自于他的家庭或者是目之所及的生活之中。当然，这里还存在另外一种可能，这一切都是蒋峰的"想象"与"虚构"，或者将当下的生命感悟与人性体验"穿越"到了自己的童年之中。这当然也是无可厚非的，因为文学本来就是想象与虚构的艺术。

在蒋峰的一些小说中，我们除了可以看到他对生活与人性的"灰色"理解外，还可见他的深邃与洞见。他犹如黑夜中的猫头鹰一般，冷静地端坐在枝头，那一双"夜的眼"放射出锐利的目光，晶亮中带着冷峻。这正是蒋峰对于人性的理解，也是他小说中的一个主要基调。

小说《遗腹子》是蒋峰要写的一个长篇小说《白色流淌一片》的"开头"。用蒋峰的话说，这部长篇小说以许佳明的短暂一生为线索，讲述爱情、成长、伦理等故事。我们可以说《遗腹子》讲述的是有关爱情的故事。在这里，我们看不到花前月下的卿卿我我，看不到感天动地的海誓山盟，凡是与爱情有关的那些浪漫期许在《遗腹子》中都找不到丝毫的踪迹。在这里我们看到的是将要情之所至之时的突然变故。傻姑娘许婷婷怀上了男友小吴的孩子，两人结婚在即，不料天降横祸，小吴因公负伤成了植物人。父亲老许恨小吴的"胆大妄为"与不负责任，扔下这孤儿寡母的，将来可如何是好。老许要许婷婷打掉孩子，许婷婷却坚持要生下她和小吴的孩子。因为，这是她来到这个世界上第一次将要拥有属于自己的东西，"爸，这是我的，长这么大第一次有个东西是我的，求求你，别把他抢走。"最终，老许还是拗不过女儿，但他坚持这个孩子要姓"许"（这一个"许"字隐藏了老许太多的担忧与思量了），许佳明就这么来到了这个世界上。

孩子生出来了，自然就要养活。《花园酒店》讲的就是老许"养"孩子的事儿。一大一小两个人，老许都要养。许婷婷是个傻姑娘，智力发育不健全，指望她将来抚养许佳明是不可能的事儿。而老许也年近古稀了，他最着急的就是自己"走"了后，许佳明谁来养。他最初打算给自己买保险，然后自己去死，得到的赔偿留给许佳明做生活费。正当老许要实施这个计划的时候，却又遭遇飞来的横祸，他被诊断出肺癌晚期。他的生命所剩无几，但佳明的生活费却还没有踪影。老许只能铤而走险，做起了"违法"的生意。老许耗尽着最后的生命气力要托起许佳明的"明天"。除了佳明外，老许还要给许婷婷找个值得托付的人。几次相亲，都因为佳明从中作梗而无果。最后，老许为女儿找到了哑巴于勒，为女儿和外孙儿安顿好了"未来"，老许也可以了无牵挂地"走"了。老许的一生，似乎是与幸福不搭界的。

《花园酒店》除了讲述了一个家庭坎坷而悲伤的故事外，还似乎蕴含了一个更大的主题。花园酒店原来是"共青团花园"。如果我们将"从花园到酒店"这一历史性的变迁放置在这些年的突飞猛进的地产开发中，似乎可以看到更多的底层生活的苦痛与悲伤。但是，蒋峰并没有将叙述引向这个"宏大"叙事之中。这可能就是 80 后作家作为"脱历史"的表征。有些批评家以此来诟病 80 后作家没有历史感。对此，我以为不尽然。或许"脱历史"恰恰是一些 80 后作家与大历史间的正常间距。蒋峰关注的就是老许一家老老少少的寻常生活，然而在这寻常的生活中，却蕴含了人生的宿命与悲剧。这种"脱历史"式的叙述，道尽了人生的无奈与荒凉，体现了蒋峰对人生的大悲悯。这种文学叙述提供的价值，我以为是丝毫不亚于那些充满历史感的优秀作品的。

东北风致与京城风景

在蒋峰的小说中，除了对人性的深刻洞察之外，我们还可以看到一些东北（长春）风致流洒其间。"他走大道，长春最宽敞的街，人民大街，刚改过来，从新中国成立到 1990 年，叫了四十年的斯大林大街，本来是伪满时期日本人建的，那时候叫裕仁大街。"（《遗腹子》）人民大街在长春可谓人尽皆知。在此，蒋峰简单几笔就将近代以来长春的历史勾勒出来了。历史的沧海桑田与个人的情感经历都熔铸在这看似闲笔的东北（长春）风致之中。在《手语者》中，蒋峰在讲述继父于勒逃跑的过程中，还不忘顺带写上一段北国之冬，"他像野人一样在大兴安岭待了一年多，他快活不下去了，尤其是冬天，那不是人待的。他跟我描述冬日最普通的一天，他带着枪在山里转了一上午，什么也没看着，连个兔子都没有。这时他才意识到，他可能是这片森林里唯一没有冬眠的动物。"凡是在冬天走进过东北的大森林里的人，都会对蒋峰的这段描写感同身受，山峦起伏，白雪皑皑，刺骨的北风不停地呼啸着。天地间白茫茫一片，寂静的森林里，没有一点儿生命的气息，只有高耸的树木在风中摆动的声音。蒋峰在小说中，时常会出现一些东北（长春）风致，尽管有时这些风致退为"背景"，或者"点缀"，但这已经算是难能可贵的了。因为，在好多东北作家的笔下，我们已经看不到东北的风致与人情了。在他们的作品中尽是"北上广"的都市生活，仅从作品中，我们已然难以判断其东北身份了。在此，我必须声明，我并不是认为东北的作家必须写"东北"。但我以为，一个优秀的作家在创作中，一定会留存其深刻的地域文化因子的。这些可能表现在具体的人情风物描写上，也可体现在作家独特的文化态度上，或者其他方面。

在《遗腹子》和《手语者》中，蒋峰是沿着两条线索来叙述的。一条以"长春故事"为线索，另一条以"北京故事"为线索。蒋峰自己说，两条线索是为了使故事不像"猎奇小说"，而能与信仰与梦想联系起来。对此，我不大能够认同蒋峰的看法。我料想，蒋峰现在已经生活在北京了，至少不在长春生活了。加入第二条线索，只是为了让故事的内容更"丰富"而已。单写从长春发生的故事太"单薄"了，加入北京的爱情故事线索，故事的内容不仅丰富了，"北上广"与生俱来的都市感和时代感自然也就有了。而这一切似乎与信仰、梦想关联不大。我们也可以据此看出蒋峰的焦虑与矛盾。蒋峰对单纯讲述"长春故事"似乎缺少自信，只凭借有关"长春故事"的叙述无法将他的小说讲述下去。这种叙述上的"杂糅"，道出了蒋峰创作中的尴尬——既不忍割舍地域文化的记忆，又渴慕融入当下写作的时尚"主流"。

当然，这些都是我作为一个读者的臆测，蒋峰未必同意的。

艺术家许佳明之死

——蒋峰《和许佳明的六次星巴克》阅读札记

一

　　在几年前，长春还没有星巴克，或许那个时候的长春还不够现代，不够都市，起码是缺少了一些现代都市的标志。我还是在 2013 年的元旦，与朋友们去哈尔滨玩儿，专门到中央大街上的星巴克坐了一会儿。中央大街的星巴克里人非常多，甚至有些乱而嘈杂，我们每个人都点了杯咖啡，坐在那儿喝，找感觉。可是一点儿悠闲的、有品位的感觉都没有找到，与此前关于坐在星巴克里的想象完全不同。从星巴克出来的那一刻，我终于明白了，星巴克于我而言，就是一个空洞的没有内容的符号。而在蒋峰的这部系列小说的终结篇中，许佳明已经与星巴克约会了"六次"，显然许佳明至少是充分地生活在了这个现代都市的符号之中了。当然，许佳明不是在长春的星巴克约会。

星巴克是一种模式，是一种"小资情调"的象征。许佳明的约会都在此，就犹如他所面对的那个艺术体制一样，躲不开，逃不掉，深陷其中难以自拔，犹如一拳打在了棉花上，虽无什么痛感，但却被包裹住了。或者如鲁迅所言的那样，那是一种"横站"的姿态，四面来风，分不清风从哪里来。

二

刚读小说的开头以为这是一个悬疑小说。小说从许佳明的死讲起，一点点回溯了许佳明之死的整个过程。小说从形式上看是两条线索并进，一条是"我"讲述所知道的许佳明之死的案情；另一条线索就是"我"与许佳明的交往。而就实质而言，只有一条线索，就是"我"与许佳明的交往。

许佳明是一个另类的艺术家，不谙世故与体制规则的艺术家。他是画画的，生前也没有画出什么名堂来，不受协会领导待见，也不受画廊喜欢。既不能在体制中安稳受益，也不能在书画拍卖中获利。蒋峰对许佳明的描述，完全符合我们对于艺术家的理想期待与文化想象。

在当下的文化语境中，对于一个艺术家而言，一般都会遭遇到两个困境。一个就是来自于艺术本身的，另一个就是来自于艺术体制的。前者诉诸的是精神境界，后者牵涉的生存境遇。

许佳明是一个有艺术理想和艺术追求的画家。但是，正如小说中所言的那样"想当画家是一回事，可画出什么又是一回事"。在许佳明死前的大部分时间里，他一直未能画出好作品来，直到画出了《繁殖》，"我"才觉得许佳明终于画出了自己的风格与气象。当然，这仅是"我"的看法，这幅"我"所认为的佳作，却只卖了一千块钱，给一个人去装修婚房了。在自己的画卖不出去，画作风格又不为协会体制所喜欢的情况下，为求生计，许佳明只好到青州去画赝品。在画赝品的两年里，许家明的艺术感觉与天赋反而被激发出来了，鬼斧神工般画出了不少"佳作"。"我"以为，许佳明的艺术黄金期终于到来了，可是突然间许佳明就不再作画了。

作为一个有追求的画家，许佳明当然不肯在这种"复制"与"超越"中耗费自己的艺术生命与艺术操守。在这个时候，"沉默"与"不画"便成了一个艺术家的高尚情操。尽管"情操"这个词，在今天已经被滥用到快成为一个贬义词了，但我还是想把他用在许佳明的身上，试图在一个追求纯粹艺术与艰难生存间挣扎的艺术家身上重新焕发出这词语的高尚与荣耀。

三

艺术家之死，是艺术史上的老生常谈。在中国文学史上，不乏"诗人之死"的事件，从屈原到海子。艺术家之死的原因多种多样，但归根结底恐怕还是精神与思想上的困扰所致。这样一个老问题，时至今日，仍困扰着那些有追求的艺术家。

萨义德曾经在《知识分子论》中说，"流亡"是知识分子的一种理想状态。化用他的说法，我以为艺术家的理想状态应该是"漂泊"。这不是简单的生存状态的"漂泊"，而是指精神状态的"流动不羁"。一个艺术家只有精神是自由的，无所归属的，才有可能创作出伟大的作品来。然而，对于许佳明而言，这一切恰恰相反，他的生存状态是"漂泊"的，他反抗协会体制，不识领导的"抬举"，自然在协会体制上是"吃不开"的，更沾不上协会体制的光。我们谁都明白，这协会体制的力量有多强大。许佳明的清高与不屑，自然也是要付出代价的。

在小说中，蒋峰让许佳明死于一次争执后的"报复"。艺术家许佳明死于一次"意外"。其实这次"意外"仅仅是让许佳明的命没了，然而人终有一死，这次"意外"对于许佳明来说没有什么"意义"。生活中，这样的意外比比皆是。小说写这样的"意外"就该写出些"意义"来。我料想，许佳明死于"意外"或许是蒋峰的有意安排。这个"意外"让艺术家许佳明死得还有些"尊严"。如果许佳明不死于这次"意外"，而是继续坚持自己的艺术理想与创作，在现实中不断碰壁，生活潦倒，精神苦闷，经历了种种屈辱之后，再以一个典型的"诗人之死"来终结自己的生命。我以为，这样的结局是对一个纯粹艺术家的羞辱。当下，许多写知识分子的小说中，写到最后都是知识分子妥协了或"堕落"了，几乎没有反抗世俗到底的。我想，蒋峰也没有勇气或信心把许佳明的反抗一直写下去，或许他也知道写到最后许佳明也还终归是要妥协的，索性让他死于"意外"。这样还可以给一个纯粹的艺术家或艺术留些颜面与尊严。许佳明的"意外"之死，道出了蒋峰的"软弱"，但我以为，这"软弱"也正是蒋峰的悲悯与情怀所在。艺术与艺术家在虚构的作品中，也只能以这样的"意外"之死免于世俗的羞辱，我们还能对一个现实中的作家有更多的苛责吗？

四

据说，这是蒋峰"许佳明"系列中篇的最后一部。最后，这六部中篇结集成了长篇小说《白色流淌一片》。关于长篇小说的理解，我很认同莫言的一句话，他说长篇小说一定要长。我以为这"长"，不仅仅指篇幅，还包括作家写作的"气力"，驾驭长篇小说叙事的能力，谋篇布局，等等。蒋峰这部长篇是六个中篇连在一起的。当然，长篇小说也不是单如莫言所说的那一种写法，但我在这方面是一个古典主义者，坚信长篇小说首先要"长"。这种固执的想法，可能是很落伍的，不够新潮。但，我宁愿做一个保守的长篇小说阅读者。

浮世红尘中我们如何安放肉身

——读金仁顺的《僧舞》

　　第一次听到金仁顺的名字，那还是十多年前的事情。那时我还在读书，我所在的中文系本科生有一门文学写作课。我们这届的任课老师是赵雨老师。在课上其实写得不多，赵雨老师更多的是与我们一起分享好文章。其实，写作这事儿本来就不是教出来的。我们下一届的文学写作课也是赵雨老师教的，只是中间他请来作家金仁顺给上了几堂课。我读中文系时，中文学科在大学校园的辉煌时代已经过去了，无论是文学，还是作家，都难以在大学校园里产生什么大的影响。所以，我也是在事后才听师弟师妹们谈了些听作家讲课的新奇感受。我是在与他们的闲聊中，知道了吉林省有个作家叫金仁顺。

　　虽然听到金仁顺的名字比较早，但是开始读她的作品却是比较晚的事情了。因为彼时我的兴趣并不在文学上，当属"身在曹营心在汉"。后来，陆续读到了一些金仁顺的作品，谈不上系统，只是每年在杂志与小说年选上看到了，就读上两三篇。读得虽然不多，但读到的每篇都挺喜欢。今年就在两本短篇小说年选上读到了两篇，一篇是《喷泉》，一篇是《僧舞》。

在我对金仁顺的"阅读史"中，读《喷泉》是一如既往的感受，读《僧舞》感觉有"新变"。这一定是我孤陋寡闻，或许金仁顺的"新变"早已开始了。

"僧舞"是朝鲜族的一个民间故事，讲述的是名妓黄真伊穿僧服跳舞，诱惑知足禅师破戒的故事。小说《僧舞》就源自这个民间故事。

正常来说，明月（一个在浮世红尘中舞动的歌舞伎）与知足禅师（一个是在清幽林间苦修的高僧）本是没有任何交集的两类人，但这两段没有交集的人生轨迹，却因为歌舞伎明月的"灵魂"追求与玄思冥想，产生了交集。

明月见了知足禅师直截了当地问："请问大师，我该如何看待自己的肉身？"

知足禅师道："人生难得，理当自重。"

明月并未满足大师的解惑。

人生的烦恼并不在"肉身"，而在于"肉身"之外还有"灵魂"，两者遵行的是不同原则，难以并行不悖。

所以明月才接着发问："虽然自重，但有时，灵魂似乎能自行从肉身中飞，蝴蝶般落在旁侧，观看肉身的喜怒爱恨，凡此种种。"

大师道："凡此种种，皆是空相，修行，能明心见性。明心见性，就不会为诸相苦恼了。"

明月痴念于肉体纵情的快乐，被男子迷恋的喜悦。而知足禅师觉得，这一切行色快乐，都是过眼云烟稍纵即逝。人生苦短，悲苦无限，不可在这肉身的迷途中耗尽生命。

正是看透了红尘的迷途与短暂，知足禅师才来到这清幽之地苦修，物我两忘，尤其是忘记那"沉重的肉身"，以期获得人生的"澄明之境"，精神的安宁。而明月却耽溺于这肉身带来的快乐，这快乐是青春的馈赠，人生苦短，韶华易逝，更不该辜负这稍纵的青春。

与其说明月是来找知足禅师解惑的，不如说她是来与知足禅师辩难的。用现在流行的话说，两位的"三观"严重不一致，以知足禅师的"悲苦""人身自重"怎能理解明月的"流光溢彩"与"肉身之乐"。

明月不仅貌美，还有舞蹈天赋，也有俗世间女子的痴念与凌厉。她的辩难紧逼知足禅师的答问，一度将知足禅师逼迫到了"解释学"的困境之中。

困境之下，语言的辩难已经苍白无力，在语言两端的明月与知足禅师，均各执一词，难以说服彼此，犹如武林高手间"推手"一般，推来当去，不见胜负。

言辞的困境，终于被明月的舞姿打破了。明月为知足禅师跳了一支舞。舞动起来的明月，摇曳生姿，"在灯影中，她的手臂枝条般伸展、生长着，宛如春天新叶出萌，万物生发；她的腿，却是属于夏季森林和草地的，修长，优美，随时要跃动、腾飞，踢踏起野花的芬芳；她的僧衣果皮般从身体剥落……"舞动中的明月仍不忘辩难知足禅师，"肉身，难道不应该被亲近、被享受、被追忆吗？"最终，明月倒在了知足禅师的怀中呢喃道："人身难得，理应自爱。"

小说《僧舞》的故事大体如此。我想金仁顺写此作的目的，不仅仅是要给我们讲述一个朝鲜族的民间故事。她在一篇访谈中曾经说过："少数民族题材，很容易写得狭窄，格局小，我很担心这个，所以，我觉得真正有前途的写作，还是应该更多地关心普遍性，跟当下社会的关系应该保持亲近、紧密。"一个是"普遍性"，一个是"当下社会"，从这两个角度解读可能会让我们更好地理解《僧舞》的意义与价值。

我以为《僧舞》的价值，除了其作为"民俗志"的价值之外，更在于它超越了少数民族故事的限制，直面我们当下每一个人在"生存"与"超越"之间如何选择的问题，即我们每个人在这浮世红尘中如何安放肉身的问题。

"沉重的肉身"是与生俱来的，是无法回避的。知足禅师的一句话讲得很好，"人身难得，理当自重"，人生的苦与乐，或许就都来自这"沉重的肉身"。

"生命中不堪忍受之重"与"生命中不能承受之轻"是生命状态的两端。人生的悲苦大概属于"生命中不堪忍受之重",当然,由此而产生的精神力量也是有"重"量、有质感的;贪恋于肉身的快感以及由此带来的精神荒芜与无质感,大体上属于"生命中不能承受之轻"。

明月的痛苦来自后者,她要留住肉身的轻盈与美丽,享受俗世的繁华喧闹;知足禅师的悲苦来自前者,他要摆脱这肉身的庸常与烦难,逃离万丈红尘的过眼云烟。

痛苦既来自肉身,也来自对肉身的思索。正如米兰·昆德拉有言:人类一思考,上帝就发笑。但是,正如肉身是与生俱来的一样,思想亦是人类的本性。因此,无论是肉身的悲苦,还是思想的烦恼,都是我们无法回避的。既然无法回避,或许就该顺着"本性"而为,肉身的悲苦与快乐,思索的烦恼与愉悦,都该欣然领受。无法寻求绝对的"享乐"与"超脱",那就在"生命中不堪忍受之重"与"生命中不能承受之轻"间,找到适合自己的钟摆,在摇荡的生命韵律中,达到生命的中正平和,快乐安宁。

以上是我读金仁顺《僧舞》的一些感受,拉拉杂杂,好多可能已经从小说"谈开去"了,或许已经超出了小说的本意。但愿这些絮叨的文字,不要让大家发笑。

作为生命的"减法"

——格致散文读札

在诗歌、小说、戏剧、散文等诸多文体中，或许散文被认为是最容易写的。但实际的情况往往并非如此。散文看似好写，实则不然。散文"简单"，简单的东西难以装饰，它最直接地呈现出"本质"；因为简单，又不容易写得"深远"，所以还要伸向复杂幽暗的"远方"。所以，散文最可反映一个作家的水准与心性。

一

格致在 2000 年开始创作，起步不算早。格致自己说，她写散文主要是因为恐惧。这种创作的动机与理由，与许多作家相似。在此，创作成了一剂良药，在流淌的文字中，慢慢治愈或渴望治愈恐惧。但格致的散文创作，却又远不止于"疗救"，或许读完格致的散文，不仅没有"疗救"的功效，反而陷入了更为深远、幽晦的黑暗之中。

在流行的散文创作中,"抒情"是一个大的潮流,从古典到当下,一直如此。格致的散文显然是有别于此的。艾略特说过,伟大的作家都是活在传统中的;但布罗姆也声言"影响的焦虑"。我不知道用"影响的焦虑"来描述格致散文创作的路数是否合适,或许格致的创作出手就是如此,既没有活在传统中,也根本没有过"影响的焦虑"。这或许也符合格致所言的"减法"。

写于 2004 年的《减法》,足以见出格致的散文创作已经与"抒情"散文的传统拉开了很大的距离了。在某种意义上说,距离产生美,距离产生出新意。

格致说:"我从来是不敢看伤口的,我的,别人的,我都不敢看。打针,我是不敢看针尖刺入皮肤的,这时候我就把脸别到左边或者右边。我东张西望的样子,就是与那针尖拉开距离。我晕针、晕刀、晕血、晕伤口。"(《女人没有故乡——写在萧红先生诞辰百年》)但《减法》却是回望童年时的"伤口"与"恐惧"。伟大的作品或许就是对生命与人性"伤口"的回望与超越。海德格尔有云,人是向死而生的。人从出生的那一天开始,生命就在做"减法"运算。生命之初,就是一张白纸,虽然生理意义上的"生命"在做着减法,但人性意义上的"生命"却在不断充盈着。当然,这一充盈,并不一定都是友善、纯净的,同时还有"伤口""恐惧""暴力"等各色人性之恶。在此，生命的"减法"与"加法"是相伴而生的。

格致最初距离读书的学校还不到三十米，后来逐渐到七百五十米，四公里。距离的延伸，导致的是宠爱的失去，或者准确地说是父亲权力的光环照不到"我"前行的路，"父亲使新建的学校离自己的孩子远了二百米……于是，我向前行走的二百米，就是父亲在权力上有意后退的距离。走过这条暗藏着政治的上学之路，我开始了三年级。"（《减法》）在此，我们可以看到格致对生活的细微观察，以及对"生活政治"或"权力"的敏感。有很多人在谈论格致的散文时，时常提及格致在散文中体现的那种"冷"或者格致的"勇敢"。格致在她的散文中，确实是有如此的体现。但或许这并不是格致散文的一个重要本色。我以为，在格致的散文创作中，她对历史、生活政治以及权力，均很敏感，也有着一种省思和批判的态度。但这种省思与批判是"有限度"的，当然，这并不是格致个人的限度，而是一种人性的限度。

《利刃的语言》是格致散文创作中的名篇。讲述的是"我"到一个西瓜摊买西瓜，卖瓜人"叫"（切开一块验优劣）开西瓜后，"我"发现西瓜不好。而卖瓜人一手托着瓜，一手握着西瓜刀，不好，哪不好？并且直视"我"，"我"终于在这利刃面前害怕了。有很多评论据此从女性主义的角度，来谈格致作为一位女性是如何面对"男权"的。但在我看来，格致的思考并没有局限在女性主义的立场上。她发现"刀是有语言的……它喜欢一切柔软的东西，比如青菜，比如绢布，比如女人。它说它不大喜欢石头、金属、男人等一切不容易切割的东西。"由此，我们可以看出，格致是在对普遍意义上的"权力"或者是"力量"进行反思。当然，这种反思或者反抗也是有局限的。"我"最后还是识时务地买了两种东西——肉和西瓜。我们看到了"我"或者格致在她的散文中对"刀"的妥协。要是放在此前，我也会以为格致的散文是"软弱"的，在这个"文学世界"中也没有表现出不顾一切、血拼到底的反抗精神，连实现一个"诗性正义"的勇气也没有。但我现在不大会认为格致是软弱的了。因为格致已经看得很透彻了，刀就是"力量"，刀说的就是"真理"。现实就是如此的"坚硬"，如此的"赤裸裸"。我们为什么还祈求那个虚幻的"诗性正义"呢？这虚幻的正义又如何在生活中给予我们力量？

正如格致在《减法》中呈现的那样，"减法"除了是一种计算意义上的运算外，还是一种"妥协"与"成长"。在现实中，我们目睹着他人的"减法"，也切身体味着自我的"减法"。

二

20世纪90年代以来，历史散文的创作成为一股热潮。在格致的散文中，我们也可以见到她对"历史"的关注，但她呈现出来的不是那种"大历史散文"的外在"形式"，而是直接抵达历史中个体生命的隐痛，以及历史自身的"伤口"。

格致在《减法》中，不断回忆她周围的同学逐渐"减少"的过程。这里面有的因为是智力的元素；有的是因为偷了老师的5块钱，在另一位老师的水杯里撒了尿。当然，这些学生也为此付出了惨重的代价，先是被"示众"（在那个年代里，经常采用这种方式对待那些有"问题"的人），"那杯尿被平均分成了四份，他们对端到嘴边的杯子没有推辞，都接过杯子喝了下去。但他们的泪水就在接过杯子时流了出来。"这种"示众"的目的不仅仅是"惩罚"，更重要的是"羞辱"。惩罚格致同学的校长就如《利刃语言》中的那个持刀的卖瓜人，他砍向那四个"柔软"的学生。还有女生因为"生理"原因，从"我"的身边消失。那仅仅是因为"年幼无知"，无法解释女生的月经，而改变了一生的命运……凡此种种，格致曾经的同学总是因为各种原因在不断地"减少"。在这个生命的"减法"运算中，我们见到了历史与人性的冷酷，也见识了格致洞见历史与人性的深刻之处。我想，这种洞见的能力是好散文的必备品质。

格致是满族人，在近年的创作中，她更多的是关注自己的"家族记忆"，通过这种"家族记忆"去打捞满族的历史与文化，如《满语课》《乌喇街商铺见取图》等篇章。这种写作方式，在近年也算是散文或者是小说创作中的一种倾向。这类散文大多以"私人化"的方式来重新回望或阐释过往的记忆与历史。如《乌喇街商铺见取图》就是以已经去世的母亲托梦的方式，来告诉"我"当年在乌喇街的老房子漏了，由此又讲到了"我"的地主姥爷，以及民国那个时代。笔者曾经去过两次乌喇街，对于格致在《满语课》《乌喇街商铺见取图》等文章中提及的一些历史或现实，有一些了解与亲见。虽然两次都是来去匆匆，走马观花，但仍可对格致在文中流露出的一些情绪，多少是有些"感同身受"的。格致在这一类散文中表达的都是一种"怀旧"的情绪，当然，这"怀旧"情绪中有着非常复杂的历史、情感与现实的交织。格致意图通过这样的作品对边缘文化进行一次凭吊与打捞。这些边缘文化其实也是历史在其自身发展中做的一种"减法"，有些文化在这一过程中经历了从"中心"到"边缘"乃至于消亡的过程。

格致在这些与家族记忆、民族文化相关的散文创作中，表现得很从容，也柔和了一些；讲述的故事很小，但有很强的历史关怀。这也是近年来历史散文创作中的一个明显倾向。所以，格致的这些创作，在文学的意义上，不如早前的创作那么好，那么有震撼力，那么有独特性。或许对于格致来说，这种从容、柔和并不是她创作的最佳表达方式，反而倒是那种犀利、冷酷是她创作的最适合的表达方式，同时也是最有独特性的表达方式。

在历史与现实间游走

——《李海叔叔》《北地爱情》《大学》阅读札记

据言，20 世纪 90 年代以来，文学创作已经没有大的或明显的潮流了。暂且不论这个断言是否准确，但从 90 年代至今文学的创作越来越碎片化、个人化却是一个不争之实。在长篇小说创作中，一些作家还存有表现"时代精神"的古典主义态度，想要努力地"贴近"生活，可惜的是，这种长篇小说创作上的宏思伟愿或是野心，貌似并没有收到特别好的结果。这种毁誉参半的努力，我们暂且不表。反倒是中篇小说的创作，虽然没有长篇和小说的雄心壮志，却暗合了 90 年代以来的碎片化的创作态势。

一、脚比路长？

青年问题是近年来文学创作中颇受作家们关注的问题。与青年相伴随的一个题中之义便是"成长"。在此，"成长"

大体上有两层意思，一个是自然意义上的生长；另一个则是为了改变生存境遇，在奋斗过程中导致的心智上的"成熟"。前者常与青春的理想、欲望相连；后来则与青春的烦恼、困境相伴。

我们时常听到长者或那些成功人士鼓励青年人"脚比路长"，漫漫人生路要脚踏实地、好好丈量。但事实果真如此吗？或许对有些人是如此，对有些人则未必如此。

尹学芸的《李海叔叔》（《收获》2016年第1期）写的就是"未必如此"。小说讲的是"我们"家与李海叔叔一家相互借重，一道"成长"的故事。"我"家在一个山村，李海叔叔家在百八十里外的另一个山村。两家不同之处在于，"我们"一家全是农民，父亲与李海叔叔相识在特殊的年代里，那时父亲在窑厂干活，李海叔叔是附近矿山上的工人。开始李海叔叔是父亲的徒弟，后来和父亲结拜后，就成了我的"亲叔叔"。李海叔叔常来我们家"扫秋风"（若干年后，"我"与李海叔叔家的哥哥妹妹们"重逢"时，他们用此来形容当年对李海叔叔从我们家拿东西回去的期待），彼时我们家也不富裕，但为了让李海叔叔来了吃得好，走的时候拿得多，父母也常常要到邻居家借些东西来。当然，在"我"童年的生活中，并不介意李海叔叔到我家来"扫秋风"。李海叔叔长得好，见过世面，知道的也多，"在我们眼里，或者，在我的乡邻眼里，叔叔是高门贵客，是见过大世面的人。他随便说点儿什么，都是我们不知道的。"李海叔叔的到来，满足了"我们"家的面子或者是虚荣心，尤其是"我"在"成长"中对大千世界的好奇与对山外世界的向往，都被李海叔叔的"古今中外"填补得满满的。可有时候虚荣心被填得再满，也抵挡不住饥饿或者优越生活的诱惑，"我们"也时常饱受李海叔叔"扫秋风"带来的"恶果"。但这"恶果"终究是暂时的，因为"我"在"成长"时把摆脱乡村生活的全部想象都寄托到了李海叔叔身上。即便当"我"知道了李海叔叔的家在深山，"可我却对小伙伴说，叔叔一家住在大城市"。这份虚荣固执而坚定。若干年后，"我"终于到了城里，李海叔叔还特意来"我"家里看看"我们"生活得如何，回去告诉家里的孩子："二妹虽然住楼房，但生活差。吃饭就吃一盆棒子面粥，还不如二十年前呢。"

李海叔叔的生活观念，还停留在二十年前，但生活的脚步却不停地前行。李海叔叔这些年的脚步又丈量了些什么呢？这二十年的路，于他而言又意味着什么，停滞踏步，还是"无路可走"？而我这二十年来却是"一路走来"，当年的"我"在读了潘晓的那篇名文《人生的路啊，怎么越走越窄》之后，还给李海叔叔写信言及"成长的烦恼"，而如今李海叔叔已经到另一个世界去了。二十多年后，"我们"与李海叔叔家的孩子们重逢，中间一些年"我们"彼此杳无音信。可以想象，这样的重逢大体上都是客套、隔膜以及对过去的"美好回忆"。当然，于"我们"而言还有怨言。尽管现在"我们"两家人都过上了好日子，我们用脚走过了那条从大山通向外面世界的崎岖山路。但是，终究还是有一些"心路"我们无法走完，甚至也许从来都没有走过。在此，丈量已经完全没有了意义。

脚真的比路长吗？我看未必。

二、"这将是我这一生最后一次，为了自己而哭！"

"但我发誓，这将是我这一生最后一次，为自己而哭！"这话是邵丽的小说《北地爱情》（《人民文学》2016 年第 1 期）行将结束时，"我"说出的一句狠话。我们在生活中时常会听到这样狠话，有时甚至都听得麻木了。但在近来的小说中，我们反倒是见不到这样的"狠话"了，或者说见不到在小说的整个气象上有股子"狠劲儿"了。我倒不是说邵丽的《北地爱情》有"狠劲儿"，只是不那么"软"罢了。

《北地爱情》讲的是一个刚毕业的女博士与上市公司老板间的"爱恨情仇"。"我"在博士毕业时，没有像父亲期许的那样回家做副县长光宗耀祖，而是来到了 Z 城的金帝上市公司。到了公司不久就做了董事长的秘书，慢慢地，"我"也就"走进"了这个与我父亲年龄相仿的男人的生活。一切的纠葛也从此开始。小说的故事中规中矩，老板的妻儿都在国外，"我"填补了他生活中的一个角色。"我"是老板的情人，慢慢地我也爱上了他。但最终他的妻子回来了，"我"就被迫远离了他的生活。但"我"以为，他会舍不得"我"，还会让"我"回到他的身边。尽管在这期间"我"用了各种幼稚的办法去"伤害"他，想以此引起他的注意，比如与"男朋友"在厂区内外招摇、放纵，诸如此类均无效果。"我"最后还是按照他事先设计好的"道路"选择离开，除此之外，"我"似乎无路可走。

《北地爱情》无论是题材，还是叙述，都没有给我带来大的惊喜。但是，小说的结尾却让我比较喜欢，就是因为"但我发誓，这将是我这一生最后一次，为自己而哭！"这句话。"我"是一位女博士，标准的女知识人（在此，我不想使用"知识分子"这个词，因为小说讲述的不是一个与"知识分子"有多大关联的话题），与近来涉及的"知识人"或者"知识分子"话题的小说（如方方的《涂自强的个人悲伤》、阎真的《活着之上》等）中主人公的"软"相比，《北地爱情》中的主人公显然是有些"力量"的。当然，《北地爱情》中的"我"与涂自强、聂志远面临的境遇不一样，他们面对的是无比强大、冷酷的现实与体制，"我"面对的是多少对"我"都有些怜惜的情人。两者的境遇有着天壤之别，似乎无从比较。即便如此，邵丽也可以把"我"面对被迫离开的情形写得很狼狈、很凄美、很无助，总之可以写得很"软"。尽管"我"并未被邵丽写得那么强硬，那么有力量，没有孤注一掷地反抗与舍弃，只能按照老板设计好的"道路"走了，但终归还算走得"体面"，没有像老板妻子那样"衰弱不堪"，也没有像我的"前任"李毓秀那般死去。最后，"我"得以到意大利的分公司去工作，享受着地中海的蓝色忧郁，对"我"来说算是一个好结局，而在我看来这也算是一个"有力量"的结局了。

在此，我不想苛求小说家和小说中的人物，按照我们理想的价值观念与生活逻辑去行事。当我们以自身在现实生活中的逻辑去看小说家的讲述与塑造时，自然就会有理解之同情了。或许有人会说，小说是一个虚构的王国，小说家是这里的国王，可以按照理想的状态来塑造人物，可以让人物与情节不按照现实的逻辑来发展。但小说家毕竟是生活在这个现实中的人。我们匍匐久了，可能就丧失了飞翔的能力了。

三、大学与大楼、大师

大学与大楼、大师的关系，梅贻琦先生已经在他的那句名言中说得再清楚不过了。即便如此，这一问题直到今日也没有在当下的教育中得到妥善的解决。杨小凡的《大学》（《人民文学》2016年第3期）讲述的就是江南医科大学副校长钱强与"土豪"赵大嘴联合办学的故事。赵大嘴是一个土豪，没有文化，赚钱的方式也"简单粗暴"；而副校长钱强则是一个有文化的人，深谙利用时下政策赚钱的诸多"潜规则"。他给赵大嘴出谋划策，要利用教育"产业化"的政策，与江南医科大学联合创办独立学院，而他自己则身居幕后"坐收渔利"。赵大嘴虽是商人，但在有些事情上，却极为有原则，与钱强纯粹利用教育"产业化"来图利相比，赵大嘴反倒是把教育看作"百年树人"的大业。最终，赵大嘴无法忍受钱强的贪婪以及"学院政治"的钩心斗角，决定从这个独立学院撤出来。当然，赵大嘴这个土豪的第一桶金以及他资本"原始积累"的过程肯定是不干净的。他的结局，我们也可想而知。

近年来关于大学的小说有阎连科的《风雅颂》、阎真的《活着之上》等。这两部小说主要言及的是大学中知识分子的"丑陋"和在体制中的生存境遇，算是大学体制中的"内部问题"；而《大学》讲的是教育体制中的"外部问题"，讲的是权力和资本相结合如何攫取利益最大化的"腐败问题"。《大学》所言的教育"产业化"是现实题材，也能与当下的反腐相关联。这类以时下"热点"为题材的小说创作其优势在于，容易与"感同身受"的读者产生共鸣，有社会影响；劣势在于它容易把问题简单化、新闻化，在人物的塑造上略显粗糙，无论是赵大嘴还是钱强，他们在性格和心理的叙述上都有些"脸谱化"，缺少深度。同时，这类小说的言说深度也容易受到时下环境的影响，对有些问题的叙述也不够深入。当然，这一点我们也不宜苛求作者。

四、在历史与现实间游荡

《李海叔叔》中的李海是"右派"，《北地爱情》中"我"的父亲当年是革委会副主任。这是两部小说相似的一个细节——小说中的人物都涉及共和国的两段重要历史。但在小说家的叙述中，却没有更多地与这两段历史建立起深刻的、广泛的历史关联，而是与之擦肩而过。由此可见，两位小说家对待历史的态度是"谨慎"的，同时也是暧昧的，有欲言又止之感。

当不宜言说带有"伤痕"的历史的时候，触及当下的社会热点则成为一些小说家不错的选择，即使那些早已功成名就的作家，近年来也纷纷将创作的注意力转向了社会热点。这种倾向至少体现了作家的"现实关怀"，不可谓不好。但问题也随之而来，那就是如何将"热点"转化成"文学"，这对许多作家都是一个难题。

读贾平凹的《极花》

我对贾平凹的作品没有做过系统的阅读，有关的阅读都是断断续续的，还有不少作品没读过。不过，他最近的两部长篇，我算是"跟踪式"阅读了。分别是发表在《收获》上的《带灯》和《人民文学》上的《极花》。说实话，读完两部作品的感觉都不是很好，或许因为对贾平凹的期待太高了。

《极花》这部作品，简单地说，就是讲述了一个被拐卖的女子在陕北黄土高原的命运，从反抗到妥协，直到生了孩子后的"最终"妥协。拐卖妇女在前些年是个社会热点，直到今日也偶尔会从新闻中看到一些关于解救被拐妇女的新闻，也知道了那些女子的悲惨遭遇。贾平凹写作《极花》源于十余年前看到的一则新闻，这则苦难与悲歌，压在他的心底许久，直到他在《极花》中写尽了这一切。

近年来，当代一些作家的创作有一种"新闻化"的趋势，如余华的《第七天》，贾平凹的《带灯》与《极花》也属此类。我以为作家创作的灵感或内容来源，可以是新闻报道、社会热点，但应该对此进行沉淀或艺术化的处理。因为我们身在其中，可能会因为立场、视角等各种原因"不识庐山真面目"。所谓沉淀，就是要利用时间，尽可能地与现实、时代拉开距离，这样才可能把事情看得更清楚明白，同时情感经过沉淀后才会有所节制。我以为，好的小说也需要沉淀与节制。艺术化地处理，就是说小说要与新闻报道拉开距离，甚至要断裂，要相向而行，而不是在具体细节上的丰富与完善。如果小说的主体内容、情节与新闻报道大体一致，那么小说的艺术价值就会大打折扣了。从这个意义上来说，贾平凹的《极花》就存在着这方面的弊病。在此，我对贾平凹的创作有个独断，我以为他最好的小说是《废都》，用王富仁教授的话说，《废都》是贾平凹与这个世界的第一次断裂。而近来的《带灯》与《极花》则不是这样断裂的姿态。贾平凹这样的姿态我们也可理解，《废都》当年招致的围剿，或许时至今日也让他心有余悸。断裂带来的是风险，和谐共处则风平浪静。

卡尔维诺说过："当我开始我的写作生涯时，表现我们的时代曾是每一位青年作家必须履行的责任。……源于生活的各种事件应该成为我的作品的素材；我的文笔应该敏捷而锋利。然而我很快发现，这二者之间总有差距。我感到越来越难于克服它们之间的距离了。"我以为当年卡尔维诺在写作之初遇到的难题，也是贾平凹在近期创作中呈现的问题。能否克服文学与社会热点题材间的距离，是这类写作成败的关键。

我以为《极花》还有一个问题，就是主人公的不断妥协，缺少一种"主观战斗精神"。从现实生活的角度上看，我完全理解她的妥协，甚至以为多数如她这样悲惨经历的女子也只能这么选择，这么活下去。但文学作品，似乎不该如此"软弱"，应该有反抗的力量。在现实中无法获得的正义，应该在文学的世界中获得"诗性正义"。好像主人公的过于"软弱"是近来创作中的一个现象，如方方的《涂自强的个人悲伤》就是典型。我们的作品中缺少一种"拉斯蒂涅"式的人物，尽管邪恶，但充满了力量。

恕我愚笨，我总以为写作长篇小说是个"力气活"。每写一部都会元气大伤（当然元气充沛者可能例外），写完后该好好休养，养足写作的"气血"。写作的"气血"充盈了，作品才会酣畅淋漓，尽情尽兴。写作后的自我修养是需要时间的，短则一两年，长则五六年或者更久，这可能就是因人而异了。休养就会"耽误"写作，随之名气与收入都要受到影响。但我以为"气血"充盈的写作，远比那些"贫血"的作品好。丁玲说过"一本书主义"，这可能有些极端。但对于一个成熟的作家而言，少写或慢写终归是好于"短平快"式的写作。毕竟，一个优秀的作家不是靠作品的数量来刷存在感，而是以作品的精神质量来确立自己的位置。

现实题材是把双刃剑

  我不大想用"现实主义"这个概念来概括《极花》，我觉得用"现实题材"来分析《极花》可能更准确。在贾平凹的创作中，有很大一部分是属于现实题材或者是社会热点问题的。这是贾平凹创作中的一个持久倾向。此前的《带灯》，这次的《极花》写的均是社会热点。一个与上访有关，一个是以被拐卖的妇女为主线。对现实与社会热点的关注，体现了一个作家的现实关怀，也是一个知识分子应该持有的道德与伦理姿态。但与此同时，是否意味着像有些人批评贾平凹时说的那样一定要"接触小说原型"呢？我想未必如此的。"小说原型"对于作家而言，只是一个创作的原初动力，整个的创作过程还是要靠作家自身的运思。文学在本质上是虚构的。作家营造一个适合人物发展的情境，规划出符合人物发展逻辑的推动情节，是最主要的。至于在这些情境和情节中有多少是真实的，有多少是虚构的，其实不是特别重要的问题。现实题材的文学作品本身固然会有一种"教化"功能，但我们也不可据此就期待一部小说会去影响多少人，去改变多少现实。诚如鲁迅所言，文学有的时候是很无力的。更何况在文学已经被边缘化的今天，就不必期许更多了。"穷则独善其身"就好。

写现实题材的小说，对作家而言，我以为是一把双刃剑。

现实题材与社会热点，可以体现作家的良知与道德情怀，同时也符合大众对作家或知识分子的"代言人"身份与伦理意识的想象；现实题材的小说关注度高，容易产生社会影响力，与更多的读者产生共鸣；最后，有了关注度，自然就有了销量，作家的收益也会随之增加。这是一个名利双收的事儿。在文学已经边缘化的今天，纯文学创作已经很难引起大的社会关注了。因此，很多作家在近年来纷纷将创作的笔触从历史转向了现实。

现实题材的影响大，同时也容易招来非议或争论。《极花》就遭受了这样的命运。贾平凹在新书发布会上的讲话被记者"断章取义"（贾平凹语）地发表后，许多人据此批评贾平凹为拐卖妇女辩护者；还因贾平凹说："如果这个村子永远不买媳妇，这个村子就消亡了"而批评贾平凹"对乡村的眷恋和固执情怀是一种'自相矛盾的荒诞行为'"。不过，经历了"《废都》风波"后的贾平凹应该能淡定地对待这些批评了。

这是因为在一个消费主义和娱乐至上的语境中，作家（或名人）在公众视野内的言说是极容易被断章取义的。这就是作家在领受关注度与影响力同时，必须要承受的事情；再者，许多人对《极花》的这两点批评均缺少文本依据，同时也未批评到关键处。如果我们完整地读完了《极花》，就应该知道贾平凹对拐卖妇女的态度了，"这件事像刀子一样刻在我的心里，每每一想起来，就觉得那刀子还在往深处刻。我始终不知道我那个老乡的女儿回去的村子是个什么地方。十年了，她又是怎么个活着？"同时，许多读者尤其是女性主义者不满意最后蝴蝶又回到了黑亮家，他们觉得蝴蝶应该反抗，既然逃离了就去该寻找"新生活"。我们这样来批评《极花》，是我们要求作家按照一个"理想状态"去塑造人物。但我们应该知道，小说中的人物命运发展和社会现实中的人物命运发展是有着不同的逻辑的。小说中的人物只能按照小说本身的逻辑去发展，去呈现，有的时候作者也是无法控制，正如贾平凹在《极花》后记中说的那样："原定的《极花》是蝴蝶只要控诉，却怎么写着写着，肚子里的孩子一天复一天……蝴蝶一天复一天地受苦，也就成了又一个麻子婶，成了又一个訾米姐"。我们应该对小说中的人物或者作家为何这样塑造人物有"理解之同情"。我们面对世俗生活会有各种各样的无奈、妥协、顺从，同样作家也是这个世俗中人，他同样会妥协，会退让，小说中的人物也是如此。只是我们彼此妥协、退让的内容和方式不一样罢了。因为"爬行"久了，我们慢慢地就丧失了"直立行走"的能力，更遑论飞翔了。面对蝴蝶的选择，如果我们能反身自省，或许就不会太苛求贾平凹创造出一个激烈反抗的"烈女"蝴蝶了。

批评贾平凹在《极花》中表现出了"乡村的眷恋和固执情怀"，也未必有多少道理。我们知道一个优秀的作家，往往会有自己的文学世界，如"未庄"之于鲁迅，"湘西"之于沈从文，"呼兰河"之于萧红，这些乡土世界都是这些优秀作家的文学世界，他们看待世界与人生的基本姿态皆出自于此。而"商州"或陕北的"乡土世界"于贾平凹而言也是如此。再者，我们很喜欢用历史或社会的进步性去判断一个作品的好坏成败。固然，展现"时代精神"与时俱进的作品可敬，但同时那些与时代"错位"，甚至是"落后"于时代的作品，同样有许多伟大的经典。文学的视角应该是"婉转曲折"的，不该是"直线进化"的。直线进化固然态度坚决，干脆明了，但往往忽略了事情的复杂情态；婉转曲折则可展现事情的百态千姿，复杂多面。正如贾平凹所言的"对于当下农村，我确实怀着两难的心情，这不是歌颂与批判、积极与保守的问题。我就是在这两难之间写出一种社会的痛和人性的复杂。"

还有许多人诟病贾平凹这一代作家，往往有将"苦难诗意化"的倾向。我以为，在贾平凹这一代作者家中，很多作家的重要作品都是写乡土的,因为在我们的文学传统中有着强大的乡土文学基因。我不能够完全认同这些作家将"苦难诗意化"了的论断。一方面是这些作家基本都有着乡土生活的经历,他们熟悉那里的山山水水,花花草草,在他们的笔下难免会呈现出一幅诗情画意的场景;另一方面,因为对乡土中国盎然生趣的由衷欢喜与赞美,难免会在他们的叙述中出现"过渡抒情"之处,但也不能说是将"苦难诗意化"了;再者,面对乡土文明的溃败,贾平凹这一代作家在他们的创作中表现出了对乡土中国的眷恋与怜惜,也无非是为乡土文明唱了一曲挽歌。在昂首前行的历史进程面前,他们能做的也只能是在他们的作品中尽可能保有他们那一代作家的乡土记忆和审美趣味。除此之外,面对历史的车轮,他们还能做些什么?

在我看来,《极花》也不是完美之作。我是不大喜这种写社会热点的小说的。作家面对当下的热点,很难对其进行"间距式"的审视,同时也容易顺从多数人的想法,难有独创的见解。一部好的作品,既需要时间的沉淀,同时也需要与"众数"的博弈。从小说的叙述来看,《极花》的叙述太过拖沓了,一个中篇就可以写完的故事,却写成了个小长篇。同时小说的语言、故事显得有些粗糙,还有欠耐心的打磨。从整体上看,小说还不够"气血充盈",没有酣畅淋漓之感。这或许与贾平凹近年来的持续高产有关吧。

软弱的欲望与精神的病室

——读鬼金《春疾》

艾略特说："四月是最残忍的季节。"《春疾》讲述的就是这样一个残忍的四月。当然，在这个四月里，除了残忍，还有敬重，还有惜别。

四月本应该是一个生机勃勃的月份，但于"我"而言，却如艾略特的诗句一样残忍。这残忍不仅是"我"因为生病而丧失了说话的能力，更重要的是在精神与欲望上的痛感。小说讲述的是一个老生常谈的故事——文艺青年或知识分子的身体与精神困境。小说在形式上或许算是有些变化，作者在叙述这个老话题的时候，设置了两条线索。一条是讲"敬重与惜别"，另一条是讲"残酷"，但归根结底都可算是残酷。两者有时并行不悖，有时又因为"我"而重叠。

"敬重与惜别"，是因为托马斯·特朗斯特罗姆、君特·格拉斯、马尔克斯等这些"我"所崇敬的文学大师都在这个四月（特朗斯特罗姆是在三月二十六日离世）离去的。他们就是我精神上的"父辈"。他们的离去，比疾病更让"我"痛苦。"我"通过"便笺"的形式，不断回忆大师们的作品以及这些伟大作品带给"我"的精神食粮，由此向域外的文学大师致敬。除此之外，小说还用具体的情节向大师致敬，正如一些青年导演用影片向那些自己崇敬的前辈致敬一样。鬼金在小说的开篇讲"我"住的是第六病房，这很容易让我们想到契诃夫的《第六病室》，虽然两者的内容差别很大，但有一点相近，就是反抗。"我"在第六病房里就是"疾病的囚徒"，"我"要反抗囚禁"我"的这个"病室"。

残酷，既是因为"我"的病，也是因为"我"空洞的欲望。"我"因为生病最后丧失了说话的能力。因为"我"的残缺，女友离开了"我"。当然，"我"未生病时与女友在一起也只因空洞的欲望。残缺与离弃，使我空洞的欲望更漫无边际地"所指"着。对给"我"打针、测体温的女护士"我"充满了欲念，对她们的一颦一笑都充满了过度的情色想象。这种空洞与任意的欲望所指，让"我"博得同情之余，也让人觉得有些猥琐。更残酷的是，残缺空洞的欲望，不仅让"我"卑微与无聊，也让"我"对真正的爱丧失了能力，无颜去面对爱"我"的祁红。最终还是祁红用"真爱"拯救了"我"。

如上所言，《春疾》讲的是一个老话题，但呈现的也是一个老问题，就是主人公的软弱无力。在"欲望的旗帜下"与"精神的困局"中，我们常常看到的是"多愁多病身"。《春疾》中的"我"与中国现当代文学史上描述过的多数"知识人"一样，都缺少生命的强力与精神的韧性。他们即便对自身的身体与精神困境有所反抗，但结局终归是要失败的。《春疾》中的"我"就是一个"多愁多病身"，空洞欲望的任意"所指"，只能让我们对"女性"进行情色的想象，即便最后被"拯救"了，"我"也在祁红的温情中哭泣起来。哭泣就是生命力孱弱的表现。《春疾》用病掩饰了"我"精神、情感上的软弱，但在结尾处还是将"我"的"隐疾"暴露无遗。我想，祁红的温情或许也是鬼金的温情，他让"我"在祁红的抚慰中决定走出"病室"。但这样的温情，也让"我"难以"自立"。正如鲁迅在《娜拉走后怎样》中说的那样，从未独立过的娜拉，出走后的结局无非是堕落下去，或者是回来。"我"亦如此。在鬼金的搀扶下，"我"走出了病室，但鬼金的温情，终究不能搀扶"我"一直走下去。如果离开了鬼金的温情脉脉，"我"又能走多远呢？

第二辑：
书里书外

当代文学研究的"历史化"

——读孟繁华、程光炜著《中国当代文学发展史》

当代文学作为一个学科在建立之初，就深受现代文学的学科建制的影响。而且现代文学对当代文学的影响，不仅体现在学科的建制上，也体现在现代文学史书写范式对于当代文学史书写的影响中。受现代文学史书写范式的影响，当代文学史书写的叙述框架和价值标注，主要以单一的"社会历史决定论"的观念为根据，即以社会历史发展的宏观历程来构建文学史的叙述轨迹。这种文学史书写方式造成的一个重要后果，就是文学的发展与社会历史之间呈现为一种简单的线性发展关系，它偏重关注文学史中的"宏大叙事"，而忽视文学史中诸多细节性的因素。但是，随着 20 世纪 90 年代"文化研究"在大陆学界受到关注开始，这种以单一的"社会历史决定论"为根据的文学史书写范式得到了改变。文化研究的范式与方法介入到文学史写作之后，在很大程度上改变了文学史的关注重点和叙述对象，比如文学的"经典化"

问题、文学出版和文学机构对于文学发展的影响、拆解整体性关注差异性以及不同文学话语背后的权力关系等诸多问题，已经开始进入文学史家的视野之内。

文化研究作为一种研究方法和研究范式，其内容复杂丰富，为当代文学史的书写提供了丰富的知识和阐释的依据。但是，以文化研究的方法来写文学史，就其性质而言，仍是属于文学的"外部研究"。甚至也可以说，这种新的文学史书写范式，在本质上也是一种"社会历史"分析。然而，这种社会历史分析较之以前的简单的社会学宏大叙事而言，将文学的发展与社会历史之间的关系"复杂化"了，在勾勒当代文学发展的"宏大叙事"的同时，还用丰富的理论和复杂的知识将文学发展中的历史细节呈现出来。而孟繁华和程光炜合著的《中国当代文学发展史》就是将文化研究的诸多因素引入当代文学史的写作中来。在《发展史》之前，已经有两本比较有影响的当代文学史著作出版。一本是洪子诚先生著的《中国当代文学史》，一本是陈思和先生主编的《中国当代文学史教程》。尤其是洪子诚先生的当代文学史研究，对于"十七年文学"和"'文革'文学"都进行了较为系统的"学术化"和"知识化"的处理。而在其后出版的诸多当代文学史中，在这方面还是鲜有对洪子诚先生研究的突破和超越的。《发展史》的作者尽管在阐释框架和解释原则上，试图对洪子诚先生的当代文学史研究有所超越，但是笔者以为这种努力并没有获得太明显的收获。《发展史》的真正突破，是在于对"新时期"以来的当代文学所做出的"历史化"研究。这种"历史化"的学术姿态主要表现在两个方面：一方面是借助文化研究中对于制度、传媒和话语权力关系等因素的关注，来分析当代文学的发生与发展，并以此来构建起当代文学发展的历史场域；另一方面就是作者努力地在《发展史》中弥合文学批评和文学史之间的"距离"，尤其是将当下最为切近的文学创作和文学现象纳入既有的知识框架和文学史秩序当中来。

一

在文化研究中，非常重视对于不同话语方式的关注，可以在不同的话语方式的背后，发现它们之间隐含的各种权力关系。通过对不同的文学话语背后权力关系此消彼长的分析，也可以深入了解中国当代文学发展的历史过程。在中国当代文学的发生发展过程中，有一个重要的文学现象，就是文学史家在当代文学发展的过程中，逐渐地被"边缘化"了。他们的位置逐渐为从事"文艺学"或者是从事"文学批评"的学者所取代。或者我们可以这样表述，在当代文学发生发展的过程中，文学史话语逐渐地为"文艺学"或"文学批评"话语所替代。这种话语分析的方式，构成了《发展史》观察、书写当代文学史的一个独特视角。

在《发展史》中，对"文艺学"在当代文学发生与当代文学规范生成中的重要作用，给予了特别的关注。在当代文学的发轫期，特别从"文艺学"的角度集中对社会主义现实主义问题进行了讨论。从而再一次确认了"文艺的新方向，统一了文艺界的思想认识，而且也经历了一次苏联文艺思想和方针政策的'洗礼'，初步了解了作为苏联文艺创作方法核心内容的社会主义现实主义及其具体要求。"[1]"新时期文学"可以看作当代文学的"第二次发生"。从"文革"走出来的作家与学者，再一次以"上路者"的姿态推动了当代文学的"转型"。与当代文学发轫时期相同，在"新时期文学"发生的过程中，文艺学或者是文学批评在其间起了至关重要的作用，涌现出来了一大批的"新潮文论"家，诸如刘再复的"文学主体论"和"性格组合论"、鲁枢元的"文艺心理学"、刘小枫的"诗化哲学"[2]。"新潮文论"家站在了文学的"前沿"，振臂一呼，应者云集，西方的文艺理论和哲学思潮如放电影一样，通过"新潮文论"家的介绍与阐释，轮番在当时的文学研究中"闪亮登场"。同时，这些"新潮文论"引领着"新时期文学"前进的潮流和方向，对当代文学的发展产生了重要的影响。《发展史》的作者敏锐地捕捉到了"新潮文论"与"新时期文学"发生之间的密切关联，同时，也看到了"新潮文论"在建构"新时期文学"话语中的

"话语霸权"，正如作者所言："新的'文论专制'，仍会在对'新时期文学'的理解中有所流露，这在一些栏目上都有所体现。新的活动、会议背后的文学体制，在形成新的'话语方式'的同时，也在制造新的'话语霸权'，这从文学所内外的新锐批评家与李泽厚、刘再复的'对话'（实际是颠覆性的批评）中也能见蛛丝马迹。"[3]

与"十七年文学"时一样，在"新时期文学"中，较之文学理论或者文艺学的热闹喧哗、独领风骚的地位而言，文学史研究同样处于一种"边缘化"的地位。对于这种现象，学者谢泳曾经在《从"文学史"到"文艺学"——1949年后文学教育重心的转移及影响》一文中有过详尽的分析。他认为，在现代大学的文学教育中，文学史一直是占据着重要的地位的，但是，新中国成立以来文学史的重要地位逐渐为文艺学所取代。而我们当时所接受的文艺学主要是苏联的"文学概论"。文学概论的风格就是"以论带史"，可以回避文学史研究中的诸多细节，直接论述文学的"本质"，树立文学的"标准"。而文学史恰恰与此相反，它是"以史带论"追溯本源，细辨流变。这样一来，自然会在一些历史细节和文体流变等无关文学"本质"的方面，耗费过多的笔墨。文学史研究之所以会在当代文学中被"边缘化"，谢泳认为原因在于："尊重事实的'文学史'传统本身具有怀疑的能力，对于新意识形态的建立有抵抗性，所以在新意识形态的建构中，它自然要受到轻视。"[4] 尽管在《发展史》中，作者对于"文艺学"在当代文学中的重要作用给予了充分的重视，但是对于"文艺学"为何会在当代文学中有如此重要的位置，并没有更多的解释。如果《发展史》能从"文艺学"与"文学史"之间此消彼长、相互更替的角度，继续深入开掘分析当代文学中的一些现象，可能就会给人带来"耳目一新"之感。

到了九十年代初，各种"后学"开始涌入中国学界，西方马克思主义、结构主义、解构主义等各种批评理论、话语逐一在文学研究中登场亮相。后现代主义的主张多种多样，彼此之间也有矛盾冲突，但是它们有一个基本的共同主张，就是反本质、反中心，反对各种"元话语""元叙事"。因此，"后学"理论的出场，对中国现当代文学研究的变化之一就是，对既有的唯我独尊的、高高在上的那种"文学理论"或"文艺学"的冲击与颠覆。而《发展史》的作者作为一直活跃在当代文学前沿的批评家，也敏锐地感到了这种巨大的变化："进入 90 年代，当作为批评主体的现代启蒙话语受到严重挫折之后，受到西方批评话语训练的'学院批评'开始崛起。这个新的批评群体出现之后，中国文学理论的'元话语'也开始遭到质疑"。[5] 伴随着"元理论"的终结，多元化的批评开始兴起。在各种"后学"批评话语拆解固有的"元理论""元话语"的同时，它们也将"文学理论"的中心地位和权威身份一同消解掉了。所以，我们可以发现，进入到九十年代以来，在中国现当代文学研究中，"文学理论"或"文艺学"从新中国成立以来的"中心"地位上逐渐退隐下来，文学史研究有从"边缘"向"中心"恢复的趋势。这种话语之间的此消彼长，固然有时代风云、思想文化氛围的影响，但同时，也是与研究者对于学科发展和研究对象的重新认识密切相关的。

尽管作者声称，各种"后学"理论在中国现当代文学研究的影响，并不是"西方批评话语的东方之旅"，并且也列举了文学批评在近三十年来取得的成就。但是，我们仍然可以发现当代中国"后学"话语在中国现当代文学研究中存在的一些问题。在这里，最重要的问题，就是文学批评和文学史之间的分离状态。文学批评更多的是借助于各种"后学"话语力量，展开对于文本的分析与鉴赏。但是，这种批评往往是忽视了既有的文学传统与文学史知识，未能将一个单一的文学创作和文学现象，纳入到既有的文学史脉络中进行考察分析，缺少历史感和学术性。而在文学批评和文学史之间，一种良性的关系应该是两者之间的互相融合与借鉴。就像文学批评对于文学史一样，文学史之于文学批评同样具有重要的意义，"文学史对于文学批评也是极其重要的，因为文学批评必须超越单凭个人好恶的最主观的判断。一个批评家倘若满足于无视所有文学史上的关系，便会常常发生判断的错误。"[6]

二

　　相对于"十七年文学"和"'文革'文学"的稳定性而言，"文革"结束之后的"新时期文学"是一直处于变动之中的。而且从事当代文学史写作的一些学者，都经历了激情飞扬的80年代和纷繁复杂的90年代。无论是在时间间距上，还是在情感距离上，他们都是与这一时期的文学创作和文学研究保持着紧密的联系。这种"亲历历史"的经历，便于文学史家从整体上把握那个时代的氛围，从细节处发掘那个时代的独异之处。然而，如果我们换一个角度看这种"亲历历史"的经历，就会发现它在某种意义上就成了文学史家在写作文学史时的一种局限了，它使得文学史家不便于以独立自由和理性谨慎的姿态去从事文学史的书写。为了克服那种在经历和情感上与"新时期文学"的纠葛所形成的主观印象，在《发展史》中，作者并没有像其他的当代文学史那样，对于"新时期"文学主要采取一种"批评"的态度，而是采取了一种"历史化"的态度去面对"新时期"文学，特别是"八十年代文学"。在新版的文学史"后记"中，我们看到程光炜教授重新撰写了该书的第十章"当代文学在八十年代的'转型'"。在重写的此章中，我们可以看到程光炜教授将"重返八十年代"的研究方法融入到了这本文学史的写作之中。程光炜教授近年来一直提倡和从事"重返八十年代"的研究，以翔实的史料和持重的态度去重构 80 年代的"历史现场"。在重构的"历史现场"中，他将"八十年代文学"发展中，文学与历史、文学与政治之间的复杂关系都钩沉出来了。不仅描述了那个激情年代的"同一性"，更发掘了"同一性"背后的差异性和历史发展中的裂痕。

结束了十年的"文革"，当代中国的作家们冲破了禁锢与藩篱，再次回到了正常的文学创作中来，文学再度出现繁盛的场景。面对文学创作的繁荣，文学批评也投以极大的热情，而后又在"文化热"和"方法论热"的推动下，批评家们纷纷出来"指点江山，激扬文字"，阐释作品的"新意"，评定作家的文学史位置。这种文学批评在 80 年代已经"具有了模糊暧昧的文学史面目"，批评家成了文学史家，他们的文学批评结论也逐渐成为文学史定论。[7] 这种文学史研究的"批评化"倾向，在以后很长的一段时间内都影响着当代文学史的研究与书写。而在《发展史》中，在论及"八十年代文学"时，我们可以明显感到作者对文学史研究"批评化"的矫正，他们采取的是以"历史化"的态度去研究和书写文学史。这种自觉的文学史意识，使得作者在论述"八十年代文学"时，对于既定的"批评化"的文学史结论，有了一个理性的反思。在此仅举一例为证。在一般的文学史

中，普遍认为"新时期文学"是"十七年文学"的"断裂"，
是重新接续"五四"的文学和文化传统的"新启蒙"。而在
《发展史》中，不仅看到了"新时期文学"与"十七年文学"
的异质性差别，更看到了它们之间的复杂关系："当代文学
在 80 年代的'转型'不可避免。不过，这种'转型'不是
彻底的、断裂的，而是贯穿了一个不断拒绝、重返、清理或
挑选'十七年文学'的复杂历史过程。'"[8] 一方面，这种
"转型"批评了"十七年文学"的极左思潮，另一方面，又
将那些被极左思潮"压抑"的文学"重新浮出历史地表"。
所以在程光炜看来："在 80 年代'转型'的当代文学的文学
体制仍然承袭着'十七年'的模式，只是在表现形式和结果
上出现了较为弹性的迹象。"[9]

当代文学研究的"历史化"，除了是指研究者"历史"
地面对文学史之外，还指研究者本身也要有一种"历史化"
的心态。每位研究者都是这种"历史化"研究中的一个环
节，大家都是这种研究的"中间物"。因此，程光炜教授倡
导这种"历史化"研究，所针对的就是当代文学史研究中存
在的"本质化"的研究方法和思维方式。一方面是说当代文
学的"历史化"无法用某一种思想理论或价值标准统摄起
来，"只能通过对'社会主义经验谨慎的、长期的、艰苦的
学术研究来获得。'"[10] 另一方面也是强调保持一种"讨论
式"的态度，使得文学史的研究处于一种开放性的状态之

中。而这种"历史化"的书写心态，在《发展史》中也体现得淋漓尽致。在该书中，对于八九十年代文学的论述，更多地是以重构"历史现场"的方式来"讲述"其中的文学创作和文学现象，并没有过多地表达那种斩钉截铁的价值评判，无论是对阅读者来说，还是对研究者而言，都保持了一个可以讨论的、开放的话语空间。这种"反本质"化的"历史主义"态度，试图摒弃各种"偏见"和"先见"，来重建当代文学发展的客观"历史过程"。但是，这种历史主义的重建，正如韦勒克和沃伦指出的那样，"这种'文学史'观念的极致要求文学史家具备想象力、'移情作用'（empathy）和对一个既往的时代或一种已经消逝的风尚的深深的同情"，同时"这种重建历史的企图导致了对作家创作意图的极大强调。"[11] 正是因为对于当代文学史"历史语境"的客观性和复杂性的过分关注，这种历史主义的重建，往往会显得缺少一种稳定的价值评判，给人以陷入了相对主义之感。对于在历史主义与相对主义之间徘徊的这种研究困境，韦勒克和沃伦给出了一种"透视主义"的文学史模式，"我们研究某一艺术作品，就必须能够指出该作品在它自己那个时代和以后历代的价值。一件艺术品既是'永恒的'（即永久保有某种特质），又是'历史的'（即经过有迹可循的发展过程）。"[12] 这种文学史研究模式的根基，还是建立在历史主义的基础之上的，只不过是它不会因为"历史化"的学术姿态，而刻意去回避应该有的价值判断。而在《发展史》中，作者在否定既往的那种"本质化"的话语霸权的同时，或许因为担心又陷入新的话语霸权之中，所以在有些论述中总是给人以相对主义之感。

三

当代文学研究的"历史化"，除了表现为以"历史主义"的态度叙述文学史之外，还表现为将当下切近的文学现象和文学批评纳入到文学史的知识序列中来。在韦勒克和沃伦合著的《文学理论》中，他们认为于文学理论、文学批评和文学史之间是一个有机性的整体。然而，就中国当代文学史的研究现状而言，研究者们并未能够很好地将三者有机地融合在一起。在当代文学史的写作中，文学批评和文学史之间的"裂痕"尤为明显。这种"裂痕"主要表现在文学史家对于"时间"和"历史"的重视。在他们看来，文学史是一种稳定的知识秩序，当下的、切近的文学现象和文学批评的结论，还没有经过历史的淘汰与时间的沉淀，带有诸多的浮躁与泡沫，是不适合进入到文学史研究视野当中来的。这一文学史家的"偏见"，在当代文学史努力进行"学术化"书写之初就已显露端倪。正是基于这种原因，在80年代老一代的学者纷纷提出"当代文学不宜写史"。然而，在韦勒克和沃伦看来，所谓时间的评判和历史的沉淀"不过也是其他批评家和读者——包括其他教授——的评判而已。"[13] 他们宣称"文学史家必须是批评家"。《发展史》的两位作者的身份很好地印证了韦勒克和沃伦的设想。他们一方面是前沿的批评家，另一方面也是文学史家。他们对于文学理论、文学批评和文学史之间的关系也有着一种理论上的自觉。或许是由于《发展史》再版的原因，利用"时间"上的优势，作为"新世纪文学"的主要倡导者孟繁华教授，将"新世纪文学"作为单独一章纳入到当代文学史的书写之中来。面对诸多学者对于"新世纪文学"的非议，作者是这样回应的："文学批评在否定末流的同时，更应该着眼于它的高端成就……新世纪文学不只是被夸张描述的'快餐文学、兑水文学，甚至垃圾文学'，它的高端成就并没有被批评。"[14] 然而，笔者并不是太关切作者的有关"末流"与"高端"之辩，而更在意作者在弥合文学批评与文学史之间的"裂痕"中所做出的努力，即以历史化和知识化的方式，将当下切近的文学现象和文学批评的结论纳入到既有的文学史秩序之中来。作者的这种努力集中地体现在对于"新世纪"乡土文学的论述上。在作者看来，在百年中国文学中，乡土文学一直是主流文学之一。在现代文学之中，乡土叙事是分裂的。而在当代文学中，乡土叙事却表现出了强烈的"整体性"，这主要是与"中国共产党建立现代民族国家的目标密切相关"，通过一系列的文学创作"使中国乡村生活的整体性叙事与社会历史发展进程的紧密缝合被完整地创造出来。"[15] 然而，进入"新世纪"以来，对于这种"整体性"的质疑达到了最高峰，"整体性"逐渐被拆解，呈现为一种零散的破碎状态。这一文学创作中呈现的"新现象"，不仅仅应该处于批评家的视野之内，同时也应该进入到文学史家的视野之中。文学批评以鉴赏评析为主，相对于文学史研究而言，可能是缺少历史感，在知识上也不及文学史那么丰富。但是，文学史书写的基本范围，除了是文学创作和文学现象本身之外，还必须面对既有的文学批评，将文学批评的结论纳入或转化为文学史知识。因此，在这个意义上，作为一个文学史家，与其"临渊羡鱼"，等待着"时间"的淘洗后的文学创作，不如"退而结网"，亲力亲为去直接面对切近的文学现象。尽管这样的研究方式，因为在时空上与研究对象"亲密接触"，或者研究自身能力等方面的限制，会产生这样那样的局限与偏见，然而这却是一种人人无法摆脱的"合法性的偏见"。因此，在经过"时间"和"历史"的检验之后，无论"新世纪"的乡土文学所剩几何，《发展史》的作者对此做出的文学史方面的努力都是值得称赞的。

注释：

[1] [3] [5] [8] [9] [14] [15] 孟繁华、程光炜：《中国当代

文学发展史》（第二版），中国人民大学出版社 2009 年版，第 41 页，第 166 页，第 375 页，第 161 页，第 346 页，第 348—349 页。

[2] 夏忠义：《新潮血案》，上海三联书店，1996 年版。

[4] 谢泳：《从"文学史"到"文艺学"——1949 年后文学教育重心的转移及影响》，《文艺研究》2007 年第 9 期。

[6] [11] [12] [13] 勒内·韦勒克奥斯汀·沃伦：《文学理论》（修订版），江苏教育出版社，2005 年版，第 39 页，第 35 页，第 37 页，第 39 页。

[7] [10] 程光炜：《当代文学学科的"历史化"》，《文艺研究》2008 年第 4 期。

从"思想史"到"社会史":
"五四"解释学范式的换转

——评杨念群《"五四"九十周年祭——一个
"问题史"的回溯与反思》

今年是五四运动九十周年。一场运动,在九十年之
后,还被众人念兹在兹。这足以说明,"五四"对于"现代
中国"的重要性。九十年来,"五四"成为几代学人必须直
面的"历史",他们一次次重返"五四",在那个"旧战场"
去寻找言说的资源,去描摹建构他们思想中的"五四"。正
如陈平原先生所言的那样,"每个研究'现代中国'的学
者,都可能参与到建构'五四'传统的行列中。不管你是
主张继承,还是希望反叛,直面'五四',是我们的共同命
运。"[1]在面对"共同命运"的"五四"之外,不同的学者
因为思想资源、学术背景和政治立场等诸多原因,导致他们
在对"五四"的理解与建构上,表现出了一些差异性,甚至

是严重的分歧。然而，在这些差异与分歧的背后所隐含的是"五四"解释学范式的转换。这种转换在杨念群先生看来，大体上经历了从"政治史"到"思想史"（或"文化史"）再到"社会史"的变化。杨念群先生就是以"社会史"的研究范式重新审视五四运动的重要倡导者。他在《"五四"九十周年祭——一个"问题史"的回溯与反思》中，集中扼要地阐述了自己的学术主张。

在杨念群先生看来，当下的"五四"解释学主要有两大范式：一个是"政治史"范式，一个是"自由主义"范式。政治史解释范式的"党史叙事习惯把'五四'看作一场相对单纯的爱国抗议事件"，而自由主义解释范式则"试图把它解释成一场触及中国人灵魂和精神变化的'文化改造运动'，对这场运动的一个最佳描述就是'人的觉醒'。"[2]然而，从20世纪80年代以来，政治史解释范式的"纪念史学"逐渐弱化。在学术界，取而代之的是"自由主义"解释范式。"自由主义"解释范式的思想来源有二：一个是在80年代末期传入大陆的海外汉学的"五四"研究成果，这里的代表人物有林毓生、余英时等人；另一个是90年代中后期在大陆崛起的"自由主义"思潮。这两股思潮都是强调"个人价值"的重要性，并由此上溯到"五四"，将个人主义作为五四运动核心价值或者是最主要的价值。朱学勤先生的《1998：自由主义学理的言说》，可以说是20世纪末自由主义思潮的宣言性文献。在该文中，朱学勤就曾两次引述李慎之先生的言论，来为自由主义在百年中国的历史上定位。第一次引用的是李慎之先生为《顾准日记》所写的序言，"在已经到世纪末的今天，反观世纪初从辛亥革命特别是五四运动以来中国仁人志士真正追求的主流思想，始终是自由主义，虽然它在一定时期为激进主义所掩盖。中国的近代史，其实是一部自由主义理想屡遭挫折的历史"；第二次是李慎之先生为《北大传统与近代中国》所写的序言，"世界经过工业化以来两三百年的比较和选择，中国尤其经过了一百多年来的人类历史上规模最大的试验，已经有足够的理由证明，自由主义是最好的、最具普遍性的价值。发轫于北京大学的自由主义传统在今天的复兴，一定会把一个自由的中国带入一个全球化的世界，而且为世界造福争光。"[3] 然而，无论是 80 年代海外汉学的"五四"研究，还是 90 年代末的"自由主义"的"五四"解释学，其本质都是以回避规约用"政治史"解释"五四"而采取以"思想史"的范式来解释"五四"的。但是，这种"思想史"的解释范式存在一定缺陷，就是没有意识到"'五四'除了是一场知识精英操持的'思想运动'之外，还是一场影响深远的'社会改造'运动。"而这场"社会改造"的影响是极为深远的，以至于杨念群认为："'五四'以后，如何改造'社会'已经逐渐成为时代主调，从此变成了各种变革运动必须关注的焦点问

题。"⁴

一

　　五四运动作为一场有着持续性影响的运动，它所关注的主题是随着社会历史语境的变化而变迁的。杨念群先生认为五四运动的主题"经历了一个从政治关怀向文化问题迁徙，最后又向社会问题移动的过程。"⁵之所以"五四"关注的主题会落脚在"社会问题"上，主要是因为政治制度的变革和思想—文化革命均未能达到改变当时中国积贫积弱内忧外患的历史现实和社会状况。

　　晚清以降，内忧外困的时局，推动了晚清统治者以变法的形式来扭转王朝的危局与颓势。晚清的知识分子也希望借助于统治者"自上而下"的变法，实现国强民安的目的，使得清王朝以一个"强国"的姿态，在"世界体系"中与西方列强并置。戊戌变法失败后，接踵而来的就是辛亥革命，中华民国成立。这一系列的政治变革，标志着晚清以来的知识分子开始从中华"文化帝国"的思维中摆脱出来，不再希冀于以"文化优势"来对抗、征服西方世界，而是开始以"民族—国家"来构建晚清以来的国家形象与政治建制。正如杨念群所言，民族是文化实体，国家是政治实体。两者之间是有本质的区别的。但是，晚清以来，中华文化的普遍性和

优越性的"神话"被千疮百孔的政局彻底打破。进而，文化
颓势的沮丧和富国强兵的焦虑，使得晚清以来的知识分子在
现代"民族—国家"的建构上，忽略了对于"民族"这一文
化实体的关注，而将主要的目光都投射到了"国家"这一政
治实体之上。这就出现了杨念群先生所言的"国家崇拜"现
象，即"把一个文化与社会问题置换成了政治制度问题"⁶。
在这样一种思维方式和政治建制之下，国家（政治）成了强
势，民族（文化）成了弱势。国家（政治）的过分发展，抑
制了民族（文化）的发展空间。杨念群先生的"国家"压抑
"民族"的论述，与李泽厚先生提出的"救亡压倒启蒙"有
相似之处。晚清王朝的现代化之路，不是"自发型"的，而
是"被动型"的。这种"被动型"的现代化之路，必然要存
在着"后发劣势"。在这种"后发劣势"之中，政治的合法
性、文化的凝聚力和社会的动员力等诸多的推动国家迈向现
代化的资源，都处于被质疑或者失效之中。在这种情形之
下，晚清的统治者和知识分子，似乎也无法得以"从容"地
从整体上应对危局，更无暇顾及"国家"与"民族"之间的
均衡发展了。甚至，从知识的接受上和认识上，晚清一代的
知识分子对于现代"民族—国家"的普遍理念与基本内涵的
理解都存在着误差，而现实中的合理政治建构就更无从谈
起了。

　　即便如此，晚清以来的政治变革也未能改变中国社会

的危局。动荡反复的政局，让这些知识分子对于以"政治制度"变革实现强国的梦想日渐幻灭。加之对于政治压抑文化空间的日益不满，使得晚清以后的"五四"一代知识分子开始把目光转向"文化变革"，试图"借助思想文化解决问题"。在此，政治问题再次被置换为文化问题。由于为对于以往的政治变革失去了信心，所以"五四"新文化运动的倡导者们也不再对既往的政治资源予以承认。同时，"五四"新文化是以"西方文化"为参照"全面反传统"，所以它又失去了迈向现代化之路的传统文化资源。这样"五四"新文化运动的倡导者们在实现"现代化"变革时，就陷入了一种尴尬的境地，"他们把自己摆在了一个相当矛盾的地位上，其表现是，他们既要在失去政治轴心的情况下重估乃至批判传统文化的作用，又要采取以文化衡量政治的传统形式去重构中华民族的现代精神，同时又想通过文化批判建设清明政治。"[7]"五四"新文化的倡导者们多数都有良好的教育背景和留学经历。这样的经历和对中国文化的痛心疾首，使得他们往往采用西方理性主义的"科学方法"对传统文化进行"原子式"的还原，与西方文化进行比照，看出中国文化的不足，从而效仿西方文化来变革中国文化。这种文化变革的思路，一方面是对中国传统文化采取了一种"非历史主义的观念比附方法"[8]。同时，这种中西文化的对比讨论，已经陷入了纯粹的抽象的文化比照之中，而"不是作为论证

'民族—国家'建构的理论基础而展开的，而是用于确定中国作为现代文明的地域单位在世界中应处于什么样的位置。原来处于核心地位的建构'民族—国家'的政治理念，因此被悬置成了一个文明存亡的文化问题。"[9]这种文化变革的路径，因为脱离了固有的文化传统资源和现实的社会基础，在经历了一段"宏大"的文化玄思与比照之后，也难以继续为继。由此可见，在现代"民族—国家"建构的过程中，偏重于"民族"（文化）也是不可能建构起一个良好的国家形象来的。在杨念群先生看来，"社会"这一组织形式，为突破"民族"与"国家"的二元对立提供了良好的载体。

二

杨念群先生认为，在"五四"新文化运动中，率先突破"民族"与"国家"二元对立的是"无政府主义"派别。他们"不但不以民族—国家的需要界定自己的社会改革主张，反而把废弃现代国家的制度框架作为实施社会变革的前提"[10]，"'五四'时期无政府主义者的基本姿态和主张，是要通过社会革命颠覆所有的以国家为单位的权威制度，但无政府主义者并不强调个人在抽象意义上的绝对自由，而是主张个人在摆脱政治权威控制的过程中，恢复和回归个人的社会性。个人自由的绝对目标不是抽象地谈论人身肉体如何摆脱束缚达于解放，而是在重构个人与社会新型关系的基础上破除压抑性的权威，创造新鲜的生活。"[11] 但是，由于对中底层的复杂性缺少了解，"无政府主义者"倡导的"社会革命"最终失败了。但是其影响，伴随着社会主义与马克思主义在现代中国的传播，深深地影响了后来的李大钊和毛泽东等一批社会主义者。他们延续了无政府主义者以"社会革命"取代"民族"与"国家"分裂对抗的革新思路。

面对无政府主义者的变革的失败，以及现有的政治资源与文化传统，均不能成为有效的变革资源的情况下，毛泽东等人又是怎么寻找整合"历史资源"为"社会革命"提供思想和社会动力的呢？在杨念群先生看来，毛泽东主要是利用与自己熟悉的地方性人物构建社会关系系统，再利用湖南的历史经验凝聚文化资源。毛泽东之所以会以"地方性"资源来为"社会革命"寻找资源，主要是因为他本人和他的主张一直处在"五四"新文化运动的"边缘"位置。其中的主要原因就是毛泽东没有革命经历作为"政治资本"，没有留学经历作为"文化资本"，不能融入"五四"新文化运动的核心圈内。杨念群先生认为，"五四"新文化运动核心圈的人，主要是晚清的革命元老和有着留学背景的留学生构成的，尤其是在《新青年》作者诸君中，"革命资本"所带来的群体认同显得更为重要。但是，杨念群先生或许忽略了一点，在《新青年》作者诸君中，同样有着毛泽东所采取的"地方性"

认同,《新青年》作者中的"皖籍"同仁就是个例证。而在
笔者看来,毛泽东利用"地方性"资源的特殊性在于他以湖
南的历史经验作为其获得身份认同和实现变革的文化动力。
这与"五四"新文化主流的以西方文化为主题参照构成了鲜
明的对比。毛泽东的这种文化取向,一方面延续了文化自身
的历史逻辑,另一方面也利用了湖南历史经验中的"践履精
神",实现了文化与社会的良好互动。在此,毛泽东以"边
缘性"和"地方性"的资源与认同,获得了与"五四"新文
化运动不同的革命资源和革命路径。在杨念群先生看来,毛
泽东未能融入"五四"新文化核心圈之后,借助湖南的"地
方性知识",凸显了"五四"知识分子身上缺少的"践履精
神"。这种"践履精神"的获得,与毛泽东在《新青年》上
发表的《体育之研究》中"体育"与"知识"之间的辩证关
系是一脉相承的,"毛泽东早年强调由'动'的中介来改变
身体与知识之间的关系,反对参与所谓时代精神和民族精神
的论争","湖南近世历史给毛泽东的启示是,'动'作为革
命和斗争的源头,不仅可以改变'知识'与'身体'之间的
关系,而且也可以 改变人生经历中对身份认同的取向与位
置。"[12]

三

杨念群先生的《"五四"九十周年祭——一个"问题史"的回溯与反思》，以"社会史"的视角，从"后五四"时期的社会历史发展出发，回溯"五四"新文化运动中不同知识群体与学术思潮之间的关系与影响，向我们揭示了一直以来被"政治革命"和"思想革命"所遮蔽的"五四"期间的"社会革命"。这样的研究对于我们重新理解"五四"新文化运动的多重面向，带来了重要的启示，同时也有助于我们理清"后五四"时期一系列"社会革命"与"五四"新文化运动的相互关系。但是，杨念群先生的研究给我们带来启示的同时，也让我们对他的研究思路产生了一些疑惑。

通过杨念群先生对于"五四"中心话题变迁的梳理，我们可以看到，"五四"的中心话题经历了由政治到文化再到社会的转变。这一转变凸显了"五四"知识分子由关注"知识类型学"的讨论，到强调进行"践履精神"的"社会改造"。在具体的分析中，杨念群先生又将"五四"时期的"社会革命"与"后五四"时期的中国革命史的叙述联系起来，并且是以"接续对'后五四'时期发生的'社会革命'意义的解读，以彰显被'新启蒙'叙事遮蔽的另一层历史真相。"[13]杨念群先生的这种分析思路，给人以"倒放电影"的印象。我们知道，一场运动，有着自身的时间上限和时间下限，也就是它的范围是在有限的时空范围之内的。在有限的时空范围之内，一场运动会呈现出多重面向，不同的面向在运动中会有主次之分，有轻重之别，有缓急之异。而在运动的时空范围之外，这些面向有可能与时空范围之内保持一种"同质"关系，也有可能发生"变异"。因为"后五四"时期的"社会革命"，经过毛泽东等共产党人的领导，最终是取得了革新中国社会的成功。如果，我们以后续的历史的成败来研判此前历史的价值，就会改变原有历史中不同面向的关系，可能把原来处于次要的、边缘位置的面向，提升为处于主要的、中心位置的面向。这种"由果索因"的思维方式，也未必能够还原当时的"历史现场"，未必能寻求到"历史真相"，反而会达到另一种误解和遮蔽。

杨念群先生还认为，实践知识分子对于社会"改造能力"的标准，"对'社会'观念的阐释和如何把'社会革命'付诸实践，确实是检验'五四'知识人是否具备某种思想能力还是真正具有行动能力的分水岭。"[14] 在此，也涉及对于知识分子的理解问题。我们还是赞同陈平原先生对于知识分子的定位，即在从事自身专业研究的同时，保持一种"人间情怀"[15]。对于知识分子学术研究价值的判定，主要依据的是其研究在学术史上的贡献，而不是凭借其学说主张产生的"社会影响"。学术有其自身的发展规律和评价尺度，无须以外在的社会发展为其评价尺度。作为知识分子应有"为学术而学术"的独立精神，在保持独立研究的同时，可以凭借其专业知识介入社会政治，体现知识分子的"人间情怀"。如果以"学者的人间情怀"来理解知识分子的学术研究与社会政治之间的关系，或许就不会得出杨念群先生上述对于"五四"知识人的评价结论了。

注释：

[1] 陈平原：《触摸历史与进入五四》，北京大学出版社，2005 年版，第 2 页。

[2] [4] [5] [6] [7] [8] [9] [10] [11] [12] [13] [14] 杨念群：《"五四"九十周年祭——一个"问题史"的回溯与反思》，世界图书出版公司，2009 年版，第 4 页、第 1 页、第 18 页、第 43 页、第 51 页、第 52 页、第 57 页、第 71 页、第 73 页、第 98 页、第 99 页、第 27 页、第 27 页。

[2] 转引自朱学勤：《书斋里的革命》，长春出版社，1999 年版第 382 页、第 383 页。

[15] 陈平原：《学者的人间情怀——跨世纪的文化选择》，生活·读书·新知三联书店，2007 年版。

"穿越"被遮蔽的文学

进入21世纪以来，各种知名学人的"讲演录"风行一时。特别是其中保留的课堂上的一些"原生态"，对于那些无缘于名师课堂的莘莘学子来讲，无疑是一件幸事。其中，吴炫先生的《新时期文学热点作品讲演录》是较为引人瞩目的一本。

在经历了"十七年文学"和"'文革'文学"的文学"荒原"之后，中国当代文学又走进了一个"新时期"。伴随着"新时期"在政治上的拨乱反正和改革开放，"新时期文学"也在努力地尝试着突破已有的当代文学的"成规"，作家们也在试图重新寻回早已丧失了的文学标准和文学价值。在这种努力和自觉下，中国当代文学的创作出现了一个"繁荣景象"，当然其中的作品质量水平是良莠不齐的。与此同时，西方文学史上近百年的文学思潮，在短短的几年时间内，就在当代中国的文坛上走马观花似的演示了一遍。由此，我们可以看到中国作家急于突破禁闭，迎接世界文学

"主流"的渴望和急切；另外我们也同样见到在这匆忙中留下的误解和遗憾。面对纷纭复杂的"新时期"文坛，吴炫先生有着自己独特的审视和批评。

吴炫先生早在 20 世纪 80 年代的时候，就已经开始致力于"否定主义"理论的研究。在这本《新时期文学热点作品讲演录》中，也一直贯穿了他的"否定主义"理论和文学"穿越"主张。在吴炫先生看来，文学既不是西方文化中的"超越"，也不是中国传统文化中的"超脱"，而是他所认定的"穿越"。所谓"穿越"，主要有三个方面的内涵：首先是"穿越政治现实"，既不是"依附政治"，也不是"脱离政治"，而是"尊重、表现政治又不局限于政治"。这对于在政治的泥淖中艰难跋涉的中国当代文学来说，无疑是有着巨大的借鉴意义的。其次，是对"世俗现实"的穿越，所谓"世俗"主要指"欲望、享乐、趣味、温情等内容所构成的日常生活"。在"新时期文学"之前的相当长的一段时间内，日常的"世俗生活"一下子就从中国当代文学的内容中消失了，是以"观念化的生活"代替了"原生性的生活"。但是，90 年代以来，"身体写作"开始盛行，从一个"禁锢"的极端又走向了"放纵"的极端。而文学要"穿越世俗现实"就必须要在这两个极端中，寻求一个平衡，来获得人性的全面与完满。最后，是"穿越文学现实"。这里主要指"一个作家应该面对中西文学史上的优秀作品而写作，而不能仅凭自己的天赋和感觉而写作。"这也正如艾略特在《传统与个人才能》一文中所强调的那样,任何一个优秀的作家都是活在他的文学传统之中的,而不是仅仅依靠于他的个人才华。同时"穿越文学现实",还强调作家不仅要学习已有的艺术经验,"而是以自己对世界的体验与理解来消化、改造这些艺术经验,使既定的文学经验转化为自己作品中的材料或元素"。

基于以上的理解,吴炫先生对于"新时期"以来的"文学主潮"和"热点作品"做出了精彩的评析,既有理论的阐释,也有作品的解读,两者相得益彰,互为表里。这也是《新时期文学热点作品讲演录》的显著特色和突出价值所在。

吴炫先生在该书的附录中坦言,他治学"喜欢难题",近二十年来一直如此。我第一次听到吴炫先生的名字是在一次研究生的课堂上。我们的老师提及在 20 世纪 90 年代初,兴起的一股知识分子"下海热",面对滚滚而来的商业大潮,还是有一些知识分子能够坐得住冷板凳的,其中就有吴炫老师。几年过去了,当我看到摆在面前的这本《新时期文学热点作品讲演录》时,从中又得以见到吴炫先生一如既往的执着求索和严谨踏实的学术风格,不由得想起了几年前老师曾经讲过的话。

"门外"谈鲁迅

——读陈丹青《笑谈大先生》

陈丹青回国已经十年有余。在画家身份之外,十年中,他的各种文字、言论常见诸报端。这些文字或谈绘画美术,或议论当下教育体制,或触及公共言论空间,或遥想民国当年。在他的诸多言说中,我最喜欢的是其谈论民国文人与"民国范儿"。在那些民国文人与"民国范儿"中,鲁迅是陈丹青最喜欢的,也是其谈得最多的。

众所周知,"鲁迅研究"一直以来都是中国现当代文学研究中的"显学"。在成为"显学"之前,在鲁迅生前,就已有同时代的人谈论鲁迅了。在这些言论中,有朋友的,有论敌的,也有政党领袖的。中国共产党的早期领导人瞿秋白在《鲁迅杂感选集·序言》中,就曾断言鲁迅从"进化论"发展到"阶级论",从"逆子贰臣"发展到革命"战士"。在鲁迅身后,最具影响力的论说应当是毛泽东在《新民主主义论》中的那段"鲁迅论",他用"三家""五最"将鲁迅认定为新文化运动的"主将"，中华民族的"民族英雄"。毛泽东的这一论断影响了当代中国鲁迅研究数十年。大约是从 20世纪的 80 年代后期开始，当代学人逐渐地开始从"启蒙"的立场谈论鲁迅，开始了对鲁迅的"心灵探寻"，在更为深入、复杂的心灵、精神层面试图"与鲁迅相遇"。到了 21 世纪，在"告别革命"的声浪中，鲁迅成为"是胡适，还是鲁迅"这一思想选择中的被遗弃者。无论在生前，还是在身后，关于鲁迅的论说就从未休止过，尤其是在鲁迅"远行之后"的日子里，他只能任凭后世之人评说他的是非功过。

鲁迅早已被那些汗牛充栋的论说、文字给层层包裹住了，"我们活在教科书中活得太久了，而鲁迅先生死在教科书中今已死了七十年，他总是被我们摁在是非的一端"。如何穿越这重重的言说壁障，尽可能地走进鲁迅的时代，走进鲁迅的生活，最终"走近"鲁迅？我以为，陈丹青的《笑谈大先生》为我们打开了一条"走近"鲁迅的道路。

陈丹青毕竟是画家，他谈论鲁迅，最先就是给鲁迅"画像"。在他看来，鲁迅是最好看的：矮小瘦弱，但倔强有力，总是一副"无所谓的样子"。鲁迅"既非洋派，也不老派"，在陈丹青看来，这副模样与鲁迅正合身，与他的文字"搭"极了。鲁迅的好看在于，在他的那张脸上永远都是一副体面的"书生本色"。

"鲁迅之死"也是鲁迅身后的一桩谜题与公案。从怀疑为日本军医所害，到通过分析当年存留下的 CT 片，认为鲁迅死于肺病。其中还可能有诸多的迷障，但陈丹青谈鲁迅与死亡的关系，不拘泥于这样的"事实"，他更看重的是鲁迅是如何看待死亡的、书写死亡的。在鲁迅的"死亡叙说"中，他看到了鲁迅的大慈悲，大情怀。鲁迅在身后尽管受到了各种"殊荣"，但却未有人像他对待死亡那样，去对待他的死。"人是向死而生的"，最终还是死神给了鲁迅一个宽待，"死神宽待鲁迅，给他好好的死，也总算送走了中国地面上这位纠缠死亡的人。死神了解鲁迅，一如鲁迅了解死神"。

在我看来，陈丹青谈鲁迅时常把鲁迅与同时代的民国文人联系起来。他把鲁迅与这些人横比竖看，试图还原、重建鲁迅赖以生存的文化生态。试看，鲁迅的同代人以及追随鲁迅的左翼青年在日后的命运结局，就可见陈丹青的努力与用心。当然，在这里我们也可见陈丹青身上浓重的"民国情结"。

寥寥数语实在是说不尽《笑谈大先生》中涉及的诸多议题。我以为，陈丹青谈鲁迅之所以精彩，一在于他是"门外谈"——鲁迅也爱"门外谈"——这样没有"历史的负担"与"专业的压力"，可以最大程度上呈现"私人性"的鲁迅；二在于陈丹青对于鲁迅一直心存"敬意"。虽存敬意，但不顶礼膜拜，"敬"但不远之。"笑谈"是在与鲁迅"面对面"。

姿态上"平起平坐",但内心里有大敬重。总之,我以为,陈丹青站在"门外",以鲁迅般"无所谓的样子""笑谈大先生",最终谈到了"门里"去了。

一个诗人教师的梦想与无奈

　　第一次听说王小妮的名字，是在大学二年级当代文学史的课上。由于自己对诗歌没有太多的兴趣，除了"道听途说"一些关于诗人的轶事之外，也就再无更多的关注。但是，最近几年有两个事情，让我又开始重新阅读王小妮的一些文字。一件事情，是偶然读到了王小妮散文《安放——关于我们生存背景的札记》，诗人用素朴的文字和浓烈的情感去关注社会中"边缘人"的生存与灵魂，关注他们的"灵与肉"该怎样"安放"。另一件事情就是她新近出版的《上课记》，这是她从"诗人"到"教师"的身份转变后的一本教学札记。在这里，有王小妮的"教师梦"以及她和学生们之间的互动，在学生身上发现的"有趣的部分"。在这里，有初为人师的新鲜感，也有作为老师在面对时代与学生时的无可奈何，用她自己的话说："在高校做了六年老师，上了六年的课，我相信做一个好老师并不难，真正的问题远比做个好老师复杂得多。"

作为"77级"的大学生，王小妮在当老师后，感触最深的恐怕是在"与时俱进"的时代风潮中，今天的大学生已经远和她当年做学生时不一样了，甚至可以说是"天壤之别"了。在她们读书的时候，大学生和校园是时代的"先锋"，他们引领着"时代潮流"。同时，在他们的身上承载着这个民族的"历史"和"未来"，他们是"精神的尖顶锋刃，是真希望所在"，而今天的大学生却"被死死地套进了现今的大学这人生游戏的重要一环"。

王小妮教的是影视文学专业的写作课，在她的学生中，百分之七十以上都是"乡村少年"，他们大都家境贫困，多数人没进过影院。个人境况与专业间的"错位"，或许会让他们感到自卑，但是，王小妮以诗人的"经验"鼓励他们，"你的全部乡村经验就是你自己的宝库，那里面才有你自己的独到发现，你自己可能创造的全部故事和诗意，只有它是你的，别人编造不出来的"。但是，这些学生似乎理解不了王小妮的"苦口婆心"，或者是他们根本就不赞同王小妮的说法。他们不留恋乡村生活的"诗意"，或许在乡村里，生活的窘困根本让他们无暇去品味其中的"诗意"。他们急切地想告别"乡土"，他们渴望融入都市生活中的"繁华"与"时尚"。"乡土"和"都市"间的缝隙，既预示着他们可以跨越的"梦想"，也藏匿着他们全部的"焦虑"。

在时代的跃进和价值的流转中，对待同样的事情，今天的学生已然与笔者读书时候迥然不同，可能与王小妮读书时更加不同了吧。今天的学生把"考试"看得无比重要，仅以笔者自己的感受为例，十二年前，我与《上课记》中的同学们大体同龄，总体而言，那个时候的我们是不太在乎"成绩"的，分数高了当然好，分数低了也无所谓。而今天就不一样了，"分数"不仅标示着一个学生的学习"成绩"，在它的背后还有各种评奖评优的荣誉，更有直接的物质利益奖学金，乃至关涉"前途"的保研。种种利益和前途的关联，让"考试"在今天变得无比重要。面对"考试"，学生高度"重视"，就像王小妮说得那样，在考场上，"上课铃一响，下面奋笔疾书。度过了这学期绝对安静，绝对鸦雀无声的四十分钟。铃再响，有人看表，有人擦涂，有人翻来翻去再三核对，都舍不得把那张作业交上来"。

"大时代"对校园风尚和学生价值追求的改变，恐怕是让王小妮感到最无奈，也是她最无力改变的事情。王小妮时常会在课堂上组织同学讨论一下，但同学们的反映不够积极，只是一次讨论彩票中奖的事情，同学们的兴致盎然让王小妮感到非常惊讶。课后她不得不感慨，"本学期上课以来，这是我和学生之间呼应互动最好的五分钟，居然源于钱，而且是与这间教室里每个人都完全无关的一笔钱"。

在《上课记》中，王小妮以诗人的敏感细腻，尽可能地去发现她的学生身上的可贵之处，并以此鼓励他们珍视自已这些宝贵的生命馈赠，并且提示他们：人生不一定要"向前向前再向前"。在我看来，王小妮在《上课记》中所做的全部努力就是要让她的学生们学会如何"安放"自己。这是一位诗人教师的梦想，然而，或许这也是一位诗人教师的无奈。

"湖光还是故乡好"

——读高尔泰的《寻找家园》

在 20 世纪 80 年代，高尔泰先生绝对是个人物，他的《美是自由的象征》避越了从"主观"与"客观"的视角论美，而从"人的本质"，从自由与"人的解放"的视角论美，在当时的美学界产生了不小的影响与震动。可他却在正值人生高潮处，又突遇人生大变故，从此漂泊海外。

1992 年，高尔泰去国离乡，从此就难见其人其文，只是在进入到"新世纪"之后，断断续续地在杂志上读到他的散文，了解一点儿他在域外的生活：写作、画画，"浪迹天涯，谋生不易，断断续续，写了十来年"。

第一次集中读高尔泰先生的散文就是 2004 年，读的就是《寻找家园》。七年时间过去了，十月文艺出版社又出了新版的《寻找家园》，对照此前的"花城版"，发现新版的变动不大，只是稍有增删，卷三由"边缘风景"更名为"天苍地茫"。白驹过隙，原来的"边缘风景"似乎也慢慢地在风雨中凋零，剩下的只是大地、天空深处的苍茫。除此之外，还增添了《湖光还是故乡好》《我的岳母》《谁令骑马客京华》以及在上一版列为存目的《雨舍纪事》和《回到零度》等篇目。

我以为，读《寻找家园》时要有一个安静的心态，完全地静下来，才能慢慢地走近《寻找家园》中高尔泰那代人以及他前一辈人的"心史"。高尔泰是经历过"生死考验"的，尽管那已是几十年前的磨难了，但在若干年后，我们看到高尔泰书写的"前尘往事"时，依然可以感受到那个年代的惊慌、恐惧、不服与倔强，饥饿与死亡。这些苦难历历在目，犹如阵阵阴风袭来，冰冷刺骨。高尔泰的这些回忆性文字，都是写于异乡漂泊之际，但是，在历经风雨后，高尔泰叙述起这些"前尘往事"时却非常"冲淡平和"，没有丝毫的"浮躁凌厉"，用他自己的话说就是"在无穷的漂泊中所体验到的无穷尽的无力感、疏离感，或者说异乡人感（也都和混沌无序有关）让我涤除了许多历史的亢奋，学会了比较冷静的观看和书写"。同时还有那曾经与"死亡"的交错而过，也让高尔泰有了一种谦卑和责任，用平静隽永的文字去写下那些逝者的遭际与悲苦，"许多比我优秀的人们，已经消失在风沙荒漠里面。尸骨无存，遑论文字？遑论意义？从他们终止的地方开始，才是我对命运之神的最好答谢。"

我最喜欢高尔泰写人的文章，以人叙事，娓娓道来。人

中有"事","事"中有人,"心史互证",既有大时代中的
狂风暴雨,亦有风雨飘摇时人性的冷酷与温暖,坚定与动
摇。在这些文章中,我最喜欢的是《唐素琴》。唐素琴是高
尔泰的同班同学,长得漂亮轻盈,犹如羚羊一般,"动若脱
兔,静若处子"。他以姐姐看她,她却暗自喜欢他。那个年
代横扫了一切"反动权威"与"牛鬼蛇神",一切以"唯物"
为中心,"政治正确"是至高无上的标准。唐素琴是班干部,
常以"政治正确"对高尔泰"纠偏"。她善良但"正确得可
怕"。风暴袭来,先是高尔泰被揭发批判,唐素琴也躲着他。
树欲静而风不止,唐素琴随即也被推上风口浪尖,接受审
查,被打成右派送至农场改造,期间自杀未果。几年后,两
人相见,那个美丽澄净的女孩儿已变得"憔悴佝偻"。就是
这次相见,高尔泰知道了唐素琴喜欢自己。二十年后,两人
再次相见,唐素琴"当了政协委员,银发耀眼,目光清澈明
净,好像又恢复了昔日的光彩"。时光流转,人生起伏跌宕,
冰火两重天,这倒是幸,还是不幸呢?

　　有人说 80 年代是一个"行走的年代",曾经浸淫于 80
年代的高尔泰,行走与漂泊似乎是那个时代赋予他的宿命。
他用涓涓文字回忆着那些苦痛与记忆,在这些流淌着生命印
迹的文字中,实现了滴血的绽放。

　　"湖光还是家乡好"是高尔泰父亲的一款印章,父亲死
后,此章一直被保留着。对于一个老人而言,长久的漂泊

之后，所思所写的都是故乡，恐怕还是希望"常回家看看"吧。但是，那个曾经的故乡与家园还在吗？乡关何处？家在何方？但无论怎样，"老战士不死"，"自由鸟永不老去"。

孔子的"素面"与"反骨"

——读薛仁明《孔子随喜》

　　孔子在中国文化的位置，很重要，却也很尴尬。

　　说孔子在中国文化中重要，是因为后人谈论中国文化，不管其观点是儒道互补，还是儒表法里，还是儒释道融合，总而言之，都是离不开一个"儒"。既然说到了"儒"，那么就离不开孔子这个人。那么，从儒家文化内部的演变与变迁来看，无论是所谓的"原儒"，还是后来标榜儒家文化理念却与"原儒"渐行渐远的理学家们，也都离不开孔子这位儒家文化的祖师爷。

　　说孔子在中国文化中尴尬，是因为孔子有心"居庙堂之高则忧其民，处江湖之远则忧其君"，但却不为政治领袖和政治实践所接纳，从孔子周游列国的经历即可看出这种尴尬。尴尬的另一重是，从儒家文化发展出来的理学家们却是"存天理，灭人欲"，失去了人间烟火之气，与所谓的"原儒"大相径庭。一种文化在发展的过程中，与其最初的文化的精神特质渐行渐远，这或许有时代与历史的诸多原因，但也不该排除这种文化在起源之时，就已经埋下了尴尬的种子。还有一重尴尬是，孔子及其所代表的儒家文化，虽然一直不为我们的政治实践所接纳，却一直不断地被我们的政治实践所宣传。孔子一直是中国义化中的"大人物"，这种文化位置几乎没有改变过。

20 世纪 90 年代中后期，"国学热"悄然兴起，几年之内便声势浩大起来。各种"大师班""国学班"方兴未艾。到了 21 世纪，"国学热"的声势依旧不衰。在"百家讲坛"上，于丹教授讲《论语》"心得"，这股浓浓的"心灵鸡汤"，再一次让孔子在大江南北"热"了一阵子。在于丹之后，北京大学的李零教授以"丧家狗"来解读孔子，考据坚实，解读精细。尽管如此，李零教授的解读，仍遭到了诸多非议，认为他的解读误读了孔子，有辱孔子的形象。

薛仁明的《孔子随喜》，就其内容和风格而言，是介乎于"心得"和"学术"之间：一方面是从自己的人生经验和生命感悟，来谈对孔子其人其文的感受；另一方面又潜含有理论、思想和历史的宏观背景穿插在感悟心得之中。我以为薛仁明解读孔子其人其文的特点有二，一是"素面"孔子，二是言孔子有"反骨"。"素面"孔子是要穿透有关孔子形象的诸多迷障，还原一个"真实"的孔子；言孔子有"反骨"是价值判断，在温良恭俭让的背后看到孔子的"激烈"

与"杀伐之气"。

薛仁明的"素面"孔子，其最大的优势就是以中国传统文化为其生活的根基，为其解读孔子提供了别样的视角。薛仁明是台湾人士，用他自己的话说，台湾虽然也历经殖民统治和现代化的洗礼，但儒家文化依然是"台湾的根底"，在都市的喧嚣与光怪陆离之外，"日常的台湾"依旧是"温良恭俭让"。一方面文化的传承在他们的身上并没有过明显的断裂，另一方面儒家文化又是其日常生活的基调与气息。有了这样的背景和经验，解读起来孔子，可能就会更有切近之感，更有"人间烟火"之味。在薛仁明看来，"风""悦"构成了孔子的"素面"。孔子不仅可以"志于道"，而且还可以"兴于诗"。"志于道"是孔子严肃端庄的一面，承继文明，教书育人，传播文化；"兴于诗"是孔子活泼灵动的一面，"感而遂通""闻歌起舞"。这样一来，孔子的面目就复杂鲜活起来了，孔子向来是礼乐并举，丝毫没有后世理学家的"道学之气"，"他的世界，没有道学家与世人那一道道阻隔的高墙"。

薛仁明笔下的孔子其人其文，生气淋漓，个性彰显，嬉笑怒骂，师生情谊，都呈现在我们的面前。这样的孔子形象，是否与我们阅读的、理解的孔子一致，这个并不重要，重要的是，他解读孔子的"别开生面"。

数天前，在网上看到消息，孔子像被移出天安门广场了。这一进一出，再次印证了孔子的重要与尴尬。哪一天，除却了这重要与尴尬，我们或许就真的走近并理解孔子了。

大学应该怎么"读"?

——读陈平原《读书的"风景"——大学生活之春花秋月》

北京大学中文系的陈平原教授,长期关注近代以来的中国大学史和教育史,有《老北大的故事》《中国大学十讲》《大学何为》等多本相关著述出版。这些论著或专门谈论"大学何为"的学术文章,或探寻大学传统薪火传承的历史追忆。而这本《读书的"风景"——大学生活之春花秋月》则与之前的著述有所不同,用陈平原教授自己的话说,他"很早就有一个企图,为大学生写本书,谈谈如何'读书';或者为研究生写本书,谈谈怎样'做学问'"。现如今,这本既有谈"读书",又有讲如何"做学问"的书终于摆在了青年学子的面前。

从走进大学校园的那一天算起,笔者已经在大学的校园里生活十三年了,或多或少经历了陈平原教授的那些"经验谈"。这些"经验谈"既有回首往事的历史钩沉,又有对时下学风的无奈与慨叹;既有轻松活泼的"春花秋月",又有正襟危坐的"劝学文"。无论是严肃的道德文章，还是过来人的现身说法，都可谓字字珠玑，对当代的大学生而言，是本难得的大学生活指南。

许多为人师者，或许都有一个职业"通病"，就是好为人师。同样身为教师的陈平原教授对这一"职业病"有着自觉的警惕与反思，老师"总觉得自己有责任指导年轻一辈，让其少走弯路。其实，一代人有一代人的长处，一代人有一代人的短处，一代人有一代人的困境，不身临其境，很难深切体会什么叫'艰难的选择'"。有了这番"理解之同情"，自然就会对当下大学生诸多"离经叛道"的选择保有一种"和而不同"的态度。然而这种"理解之同情"绝非是对"存在就是合理"的庸俗认同，在书中，陈平原教授还是以一个学者的"本分"与"执着"，面对功利浮躁的世风，以平易近人的姿态纵论"读书的风景"——这才是大学中最美好的"春花秋月"。

学习与读书应该是学生的"本分"，但是，在今天这样一个五彩斑斓诱惑多多的时代里，既有成功的诱惑，又有生存的逼仄，在理想的渴望与现实的艰难中，诸多学子不得不面对现实，核算"读书的成本"，思来想去，也就难有那份读书人该有的从容与淡定了。尽管现实如此严酷，但陈平原教授依然坚持读书人的"执拗"与"理想"，畅谈作为"生活方式"的读书，体味欣赏"读书的风景"。

陈平原教授所言的"读书"，主要不是狭义的读专业书，而是指一种广义的博览群书，是一种"人文学"的阅读，是一种"完全人格教育"。哲学史家冯友兰先生曾经说过这样的话，哲学是使人作为人而能够成为人，而不是成为"某种人"。我以为，"读书"亦是如此，通过"读书"获得自我人格的"完全"，才能够"使人作为人而能成为人"，成为一个"大写"的人，一个能够"直立行走"的人。

陈平原教授曾在多篇文章中谈及所谓"经济学帝国主义"的问题，大家深受"经济学"思维的影响，处处、时时想着"成本核算"，在读书时也不忘计算"读书的成本"。面对这种流行的经济学"成本核算"，陈平原教授提倡的是读书的"乐趣"与读书的"风景"。

田园诗人陶渊明曾经说过"好读书，不求甚解""每有会意，便欣然忘食"。在"成绩"与"成功"面前，大家已经鲜有这种"非功利"的阅读心境了，"在重视学历的现代社会，读书与职业之间，存在着某种联系。大学里，只讲修身养性固然不行，可都变成纯粹的职业训练，也未免太可惜了"。职业训练是让人成为"某种人"，而作为"乐趣"或"生活方式"的读书，是让人成为"大写"的人。在书海中遨游，在人类文明的经典中，培养自己的"趣味"与"人格"，抛弃各种"计算"与"功利"，为读书而读书。正如陈平原教授在书中引述叶圣陶与郑振铎二人关于书籍的佳话那样，二人每每谈及书籍，必是"喜欢得弗得了"；1940年伦敦大轰炸后，在坍塌的图书馆里，三个男子站在满地的瓦砾上，怡然地看书阅读。这种"乐趣"与"生活"对当下的大学生甚至学者而言，都是难以企及的，但是，"虽不能至，心向往之"嘛。

除了"乐趣"之外，读书还该是大学校园里的一道"风景"。在大学里，校园的"风景"除了读书，还要"读人"。用陈平原教授的话说，"对于大学生和研究生来说，在大学念书，不仅阅读书本，也阅读教师。某种意义上，教师也是学生眼中的'文本'"。虽说，今天大学里的教师几乎没有了现代学者、老教授们的"风度""性情"与"轶事"，不至于让学生们反复地"品味"与"鉴赏"，但陈平原教授乐观地认为"只要存心努力，老教授是风景，青年学生也可以成为风景"。既有坚守大学传统的老教授的"风景"与"传承"，又有"与时俱进"的时代青年的"青春"与"活力"。读书的"风景"就在这新老交替、时代嬗变中交互激发融合，成为风格迥异的"新风景"。

鲁迅曾经说过，文学是"余裕"的产物，其实真正的读书，作为"乐趣"与"风景"的读书，同样需要这样的"余裕"。然而"今天的中国大学，过于忙碌，不敢正视'闲暇'的意义，因此，也就没有谁在想那些'遥远的、不着边际的、玄妙的问题了'"。在这样的时代氛围中，陈平原教授所提倡的"读书的风景"与"爱美的学问",真可谓是空谷足音。这不仅是大学生的"春花秋月",更是我们每一个读书人的人生追求。

客厅里的"文学史"

文学史，似乎是一个"高大上"的东西，大抵学者要皓首穷经地写，读者要正襟危坐地读。无论作者，还是读者，都是严肃有余，趣味不足。因为读书与工作的原因，自己读了不少中国现代文学史，基本上大同小异，先是思潮，再是流派，最后是作品分析。我们感受到的多是作家生活之外的那些"知识"，而关乎作家性情秉性的故事，甚少见到，正可谓只见森林，不见树木。我以为，文学史除了"知识"之外，大底还应该是"有情"的，有"故事"的。宋以朗的《宋家客厅》正是这样一本别样的"文学史"，或者准确地说是主流文学史之外的"有情"的、有"故事"的文学史现场与片段。

文学沙龙在西方文学中曾经产生过重要的影响，那些沙龙的女主人们风姿绰约，吸引了大批优秀的作家聚集在周围，觥筹交错之余，也畅谈文学，抑或为了吸引沙龙女主人的目光，作家们也是"奋笔疾书"，才情四溢。在中国现代文学的发展过程中，似乎没有这种文学魅力与荷尔蒙激情并存的文学沙龙，但有温文尔雅、娓娓道来的客厅（虽然沙龙也有客厅的意思啊，但终归是中西有别）。同样的是客厅的主人大多也是女性，著名的如林徽因家的客厅，在那里聚集了不少中国现代文学史上的才子佳人。当然，有才子佳人就少不了与男欢女爱有关的"花边新闻"，因此，林徽因与冰心之间因为《太太的客厅》而闹出了一桩文坛公案。但是，宋淇的客厅里似乎并无这般"风波"，从字里行间可以感到宋琪的客厅里是高朋在座，宾主间品茗论文，和风细雨润物无声；亦有西式派对，佳肴美馔间道尽了人世间的百态千姿与文字中的五味杂陈。广而言之，这"客厅"是泛指中国现代文人的交往方式，既有清谈高论，亦有信札往来，诗词唱和等文人雅事。

宋淇原名林以亮，他与张爱玲、钱锺书夫妇、傅雷夫妇、吴兴华等中国现代文学史上的文化名流都很熟稔。在宋家的客厅里，我们可以看到这些文化名流的别样面孔，也可见被文学史误读的文人与作品。书中所言甚多，笔者仅举两例。

钱锺书先生的博学与尖锐自不必说，但在《宋家客厅》中，我们却可见钱锺书先生的"人情世故"。钱锺书先生对张爱玲的态度大抵上是"必以为然"的。但在接受不同学人采访时，却各有说法。接受安迪采访时对张爱玲评价不高，接受张爱玲研究专家水晶访谈时却说张爱玲"非常好"。为此，宋淇写信给钱锺书询问为何两个评价差别甚大，钱先生回信答曰："不过是应酬，那人（指水晶）是捧张爱玲的。"公开的文字与言论，往往难见学人的"真知灼见"，尤其是对他人的评头论足更是唯恐避之不及。但我们在私人的通信中，却可见学人的"真心实意"。我们此前只知道钱先生臧否人物往往"口无遮拦"，在《宋家客厅》我们见到了钱先生的"谨小慎微"与"自如应对"。前段时间有香港收藏家欲出售一批钱锺书先生的书信，据闻书信中有许多"惊人之语"，后来拍卖被叫停。冒昧揣测，这批书信若是公开，相信一定会有不少让我们"目瞪口呆"的高论。当然，私人通信毕竟涉及个人隐私，是否可以拍卖流通是可讨论的问题，在此不论。

对于傅雷先生，我们的印象还是来自于他对年少成名的张爱玲的盛赞与批评，以及《傅雷家书》中的严父形象。在《宋家客厅》中，有一处谈及傅雷曾于 1948 年于"昆明筹备进出口公司未果"。一向"文艺范儿"的傅雷为何要去开公司呢？从书中看，主要还是因为经济拮据。当年西南联大的学者教授们，也因为生活窘迫而卖文为生，如闻一多先生为人刻印章，梅贻琦夫人拿着女红到菜市场上去卖。无论是闻一多还是梅夫人都是"因地制宜"。而傅雷先生则是"大气魄"，要开进出口公司。看到此处，总是笑出声来。从这里，我们既可见傅雷先生的"恢宏气势"，也可见他的"书生之见"。

　　张爱玲是宋家的老朋友，也是因为张爱玲与她的作品的关系，让更多的人知道了宋淇、邝文美、宋以朗一家。张爱玲在我们主流的文学史中一度被尘封起来。从 20 世纪 80 年代中后期开始，张爱玲才慢慢地"浮出了历史地表"，甚至有了不少铁杆粉丝——"张迷"，研究张爱玲也成了一门显学——"张学"。在《宋家客厅》中，宋以朗除了校正了一些张爱玲研究中以讹传讹的史实错误，更多的是通过张爱玲与其父宋淇的通信，来展现张爱玲的"私语"一面与更为真切的生存状态。张爱玲作品的基调大多是苍凉的、冷酷的，尤其从那本带有自传体性质的《小团圆》中，更可见张爱玲的"冰冷"。但在张爱玲给宋以朗的母亲邝文美女士的信中却显得那般温润动情："直到你们一转背走了的时候，才突然好像轰然一声天坍了下来一样，脑子里还是很冷静 & detached（和超脱），但是喉咙堵住了，眼泪流个不停，事实是自从认识你以来，你的友情是我的生活的 core（核心）。我绝对没有那样的妄想，以为还会结交到像你这样的朋友，无论走到天涯海角也再没有这样的人。"或许出于客气，或许出于感激，张爱玲这些"私语"与她在作品中的"叙述"迥然不同。当然，"文如其人"这话也不必完全当真。很可能把作品写得"冷酷到底"的作家，在现实中正是一个"柔情似水"之人。宋以朗在书中指出好多"张爱玲传"的作者们说张爱玲在美国过得如何清苦寒酸，都是不做调查的"胡思乱想"。他从张爱玲与其父宋淇的通信中，涉及稿费、金钱的内容，推算出张爱玲当年在美国的生活并不窘迫。但从他引述的张爱玲与宋淇的一份通信中，我们也可看出，张爱玲在美国的日常生活虽不至于贫困，但也不算宽裕，起码日常生活的保障是张爱玲常常挂记担忧的问题，要不她也不至于在给宋淇的信中说道："我后来再回想离港前情形，已经完全记得清清楚楚，预支全部剧本费用，本来为了救急，谁知窘状会拖到五年之久，目前虽然不等钱用，钱多点总心松一点。如果公司能再拖欠一年，那我对公司非常感谢。"张爱玲到了美国后，为了维持生计，开始给宋淇所在的电影公司写剧本，为了能专心写作，张爱玲甚至一度从美国到香港居住一年，专门写剧本。除此之外，张爱玲还做翻译，通过改写自己的旧作等其他差事来维系生存。毫无疑问，这些并不在张爱玲创作之内的"纷扰"，严重影响了她的写作。

客厅里的"文学史"并非"标准"的文学史，但它的魅力是让我们可以看到作家的"真性情"与多幅面孔。主流文学史中的文人作家太过"高大上"了，他们与那些尘封在历史中的作品一样，冰冷地排列在文学史的序列当中。人性本来就是参差百态的，《宋家客厅》这本书就让我们见识到了"冰冷"之外的"火热"，"高大上"之外的"人心世态"。

　　客厅带有一定的私密性，所谈内容多不易公开，往往涉及隐私。但在《宋家客厅》里却少见与此相关的"花边新闻"，至多有些许的"准风月谈"。这或许就是其格调所在吧。

画里画外乾坤大

　　陈丹青是画家，但是近些年来，他更多是以作家的身份出现在公众面前。这在有些人看来，不仅有些不务正业，也有越界之嫌。我第一次知道陈丹青的名字，并不是他那著名的西藏组画，而是读他的《退步集》。初读陈丹青的文字，就有似曾相识之感，文如其人，娓娓道来时，干净雅致，语气标点均有"民国风"；无奈愤怒时，寸铁杀人，犀利洞见可见鲁迅的身影。陈丹青喜欢鲁迅，常称他为"大先生"。鲁迅的职业是作家，副业是艺术家，陈丹青对其艺术品位大加赞赏，认为老先生的艺术感受力远在那些大画家等人之上；陈丹青的职业是画家，副业是作家，和他所钟爱的"大先生"正好相反。正如他对"大先生"的称赞一样，我以为陈丹青的文字也远在许多作家之上。

　　"局部"原是陈丹青做的一个视频节目，讲他的本行绘画，这也算是回归"正业"。"局部"的每一集我都看了，陈丹青如他此前的演讲一样，大半是照稿子念，偶尔脱稿。我不懂绘画史，但大体可以感觉到他讲的好多内容也该是绘画史的常识，至少不是艰深、"专业"得晦涩难懂的内容，但还是喜欢得一塌糊涂。"局部"播放完后，又出了讲稿本，文字没有改动，就是加了好多精美的画作穿插其间。书做得很精美，捧（书太重了，单手拿不动）在手中，一篇篇读下去，边读边感慨，写得真好！为什么好，我也难说出所以然来。你也可以说这是没有道理的"偏见"。

陈丹青讲述的画家与画作，中西皆有。彼此对举，各有千秋，但也可看出差异。这些差异处颇耐人寻味。第一讲陈丹青谈的是《千里江山图》。画的作者叫王希孟，画这幅充满"家国"情怀大画的时候，他才十八岁。陈丹青说，这就是天才。对此，我也慨叹不已，但更大的慨叹还在后面。陈丹青说，年少的王希孟就被皇家画院录取，献了几次画，效果均不理想，后来经过皇帝的亲自指导，不到半年就画得了《千里江山图》。我猜想，开始画的时候，王希孟还是跟着"感觉"走，任凭自己的本性在画画，可能是酣畅淋漓，尽情尽兴，但不得皇帝赏识。后来，经皇帝教诲点拨，了解了"读者意图"，按图索骥投其所好，加之与生俱来的天赋，自然让皇帝满意。皇帝倒是高兴了，中国绘画史上也有了经典之作，但对王希孟而言呢，是幸，还是不幸？再言之，十八岁算是"花季雨季"的年龄，用陈丹青的话说就是"成年了，可以抽烟、买酒、驾车、搬出去、自己活"了。这些现代惯例，我均能理解，也觉得正常，这个年龄本该如此。但王希孟的十八岁，却全然不是这样，他与那些"自我"的现代惯例迥然有别，这些在他那儿太"小儿科"了，他心里装的是皇帝念兹在兹的"千里江山"。即便经过皇帝的教诲，未必十八岁的小年轻的就能够有这样的气度与格局，装下这江山社稷。正如当下有许多作家、画家虽努力迎合各种"读者意图"，但写出来的、画出来的东西就是不伦不类，有的甚至是离题万里，尽显"意图谬见"。总而言之，能够清晰地理解"读者意图"，还能交出满意的答卷，且能在历史上留得大名的毕竟是少数。能做到这些，我想这只能归结于作者的天赋。我的感慨，不仅在王希孟的天赋，更在十八岁的王希孟竟然能有如此恢宏磅礴的格局，以及被皇帝规训后及时调整自己的能力。这般的少年老成，转换自如，尽管在画里画外尽显他的天赋，但如此轻松的放弃与调整，对于一个画家的艺术创作而言，并不是什么好事情。陈丹青说，王希孟的生平不详尽，只是知道他画完《千里江山图》没有几年就死了，至于何种原因，不甚明了。在此，再容我"恶意"地猜想一下，如果王希孟不英年早逝，继续画下去会怎么样？我想，他大致是要沿着《千里江山图》的路子画下去。搞不好画上几年，皇帝的心思又变了，他又被皇帝叫过去教诲点拨一番，他这次又能否理解"读者意图"而转换自如呢？我想，他一定会努力贯彻"读者意图"，至于结果如何，我们姑且不论，至少态度该是认真的。因为，他入的是皇家画院，容不得他不认真，不转换。其实，这里涉及了一个大问题，艺术家该听谁的，艺术家有没有独立性？

陈丹青在书中也重点谈及了这个大问题，他的题目叫"谁养艺术家"。艺术家也是人，生存是第一要义。艺术家靠卖艺术品来维持生存。用陈丹青的话说，19世纪以前画家属于"服务行业"，"每幅画都是'任务'，都是'订件'"。艺术品的买主基本上是贵族与教堂，用我们熟悉的话说便是"货卖帝王家"，用现在流行的话说便是"国家项目"。既然买主是固定的，艺术家便要严格遵循买家的要求，不能任意发挥。买家不满意，画不要了，艺术家的饭碗也就不保了。那个时候，虽然艺术家缺少"自主性"，但料想在那样的"订件"体制中，因为有稳定的收入来源，不必考虑生计问题，艺术家的生活该是比较自在从容的。有了闲暇，有了余裕，自然容易产生格局与气度，在这样的环境中久而久之就会产生王希孟《千里江山图》那样的恢宏之作。后来，随着资产阶级的兴起，绘画的收藏开始从"订件"走向了"市场"，不再是王公贵族的独享，财大气阻的新兴资本家也热衷于艺术品，就像今天中国许多富豪那样，总想用巨资拍得的精品来装点自己的"门面"。市场的口味千奇百怪，自然也让艺术家们不再独尊一家而压抑自己，可以尽情放纵自己的才情与想象——艺术家的"主体性"获得了充分的解放——总会有一个欣赏自己艺术的人站在灯火阑珊处。即便是生前缺少懂得自己艺术的知己，因为画卖不出多少钱而穷困潦倒，但往往会在身后赢得隆隆声誉，拍出天价的画作比比皆是，反倒是惠及了当年少数的艺术知音。其实，无论"订件"，还是"市场"均各有利弊。"订件"体制中，因为有"工资"可能无忧无虑，但也需要懂艺术的雇主，有耐心，懂欣赏，否则艺术家也同样被"打破铁饭碗"；市场机制中，可谓是"你情我意"，但正如"弱水三千，我只取一瓢饮"那样，那"一瓢饮"最是难寻，忠于自我的代价，就是世俗生活的失败。我们常说市场是一只无形的手，其实"无形"背后是"有形"的真金白银，这"有形"的力量最难抗拒。这"有形"的手一挥，万千眼神也齐刷刷地看过去。所以，在市场机制中，艺术家也难自由自在。无论在"订件"时代，还是市场之中，伟大的艺术家都是少数，他们的人生命运荣辱浮沉，也都是偶然随缘的。我们今天看到的都是流传于世的经典，但往往忽略当年创作这些经典的艺术家们"百转千回"般的生命历程。

《局部》谈的是绘画，是陈丹青的专业领域。《笑谈大先生》谈的是鲁迅，是陈丹青的业余趣味。陈丹青的高明就在于，他谈鲁迅是从"外"往"里"谈，字里行间的洞见远胜于一些专家；他谈绘画是从"里"往"外"谈，少谈技巧，多谈生命历程，人生境遇等"画外音"，让我们这些不懂绘画的人也能感受到画里画外乾坤大。

第三辑：
文里文外

中国现代作家笔下的 "烟道"

　　小酌言欢，品茶论道，这些雅行，都被看作文人的气质与风度。相对于品茶小酌等不言自明的名士风度而言，吸烟实在难登大雅之堂，甚至也常常为人诟病。但总有一些现代吸烟或不吸烟的作家，想尽办法绞尽脑汁为吸烟 "正名"。这种正名的途径大致有二：一种是在生理层面，说吸烟无害；一种走精神路线，言吸烟与自由、性情之关联。第一种正名，从一开始就虚弱无力，科学早已证明吸烟不仅有害自身，而且还要殃及旁人，无数二手烟民对此也是怨声载道。一人吸烟，众人讨之。第二种方法最为聪明取巧：一则是将吸烟与自由、性情等文人所最为推崇的价值观念相联系，就犹如灰姑娘成了白天鹅；二则性情、风度等都是人人殊异的东西，仁者见仁，智者见智的。我说自由，你说不自由，没有科学的标准裁判，所以就是公说公有理，婆说婆有理的事情。有些时候就看谁的位置高，谁的声音大，谁的耐力强，坚持到底就是胜利；三则是 "与时俱进"，与反思 "科学主义"思潮的观念相随，赶时髦。用时代前沿来论述一个古老的话题。既有历史感，又有新意。

一般以为小酌品茶的都是绅士名媛，而以为鼓动吸烟的都是莽汉土匪。这是明显的"出身论"，以"貌"取人。徐志摩、林语堂可谓是现代文学的绅士、谦谦君子了吧。可就是这样的绅士却将吸烟与自由、性情联系起来。你可以说，他们只不过是借烟说事，他们自己吸不吸烟很难说。这点我不考证，就是透过他的话，看他的精神主张和思想立场。

徐志摩曾先后游学美国、英国。按徐志摩的说法，在美国两年都是忙"上课，听讲，写考卷，啃橡皮糖，看电影，赌咒"了。但在英国两年却过着与在美国天壤之别的日子，整天忙的就是"散步，划船，骑自行车，抽烟，闲谈，吃五点钟茶牛油烤饼，看闲书"。以徐志摩的性格，在美国也未必就是老实读书上课了，无非就是校园氛围、文化环境比较沉闷。在牛津的时候，徐也不可能一点儿书也不读，一堂课也不上。无非就是校园气氛自由活跃，与诗人的饱满的激情和涌动的思绪暗合，所以留下的都是自由闲适的记忆。徐志摩将在牛津的愉快记忆，归结为牛津的"吸烟主义"。牛津的秘诀就是导师"对准他的徒弟们抽烟"。按照牛津的标准只要"学会抽烟，学会沙发上古怪的坐法，学会半吞半吐的谈话"就可以毕业了。这或许是我们诗人的夸张表达，哪所学校也不能这样教育学生。徐志摩只是将牛津宽松自由的氛围作为一个浪漫主义的诗学表述，他强调的是不拘一格、任其自由发展的教育模式。徐志摩说："多少伟大的政治家，学者，诗人，艺术家，科学家，是这两个学府的产儿——烟味儿给熏出来的。"

一个"熏"字，说尽了"吸烟主义"的精髓。熏不同于烤，不能用急火，只能小火来；熏不能如烤炸等速成，只能一点点慢慢来。总之，熏不是烧烤似的"激进主义"，而是不温不火的"改良主义"。熏，不以硬性改造为长，而以感染浸淫为本。

徐志摩借"吸烟主义"谈大学的文化氛围，属于忧国忧民的"大"问题，而且徐氏的文笔轻松幽默，态度冲淡平和。这样的论说基调也容易让众人接受，不会遭到太大的反对非议。但是，我们从徐氏的四平八稳的论调中，大体可以看出他是不吸烟的，要是吸，也是装模作样，摆个"珀斯"啥的，显示一下风度而已。（具体徐志摩到底吸不吸烟我无考证，这里纯粹臆测）

较之徐志摩谈"吸烟主义"的冲淡平和而言，另一位绅士林语堂的论说就有点儿失风雅了。虽然林氏的文风幽默，但是可以明显感到言语间的锋芒和尖刻。林语堂出身农家，母亲是地道的农民，父亲是乡村牧师，威望很高。林语堂从小就受到了良好教育，后又入教会学校圣约翰大学读书。看其人生发展的轨迹，可谓是中规中矩。按道理来讲，有这样一帆风顺的人生境遇，作文论说应该是闲适平和的。但是，林语堂早期的文字却并非如此，用他自己的话说就是"浮躁凌厉"，或用我们熟悉的左翼文论语汇说就是"充满了战斗性"。在此仅举一例。大家都知道"三·一八"惨案之后，鲁迅于愤怒悲痛之中，写了《为了忘却的纪念》。这成为我们各式教科书中，反抗国民党黑暗统治，彰显现代知识分子良知的范文了。殊不知，林语堂也写有《悼念刘和珍杨德群女士》一文，其间的愤怒笔伐，似乎是不在鲁迅之下的，"刘杨二女士之死，同她们一生一样，是死于与亡国官僚瘟国大夫奋斗之下，为全国女革命之先烈。所以她们的死，于我们虽然不甘心，总是死的光荣，因此觉得她们虽然死的可惜，却也死的可爱。我们伤心泪下之余，应以此自慰，并继续她们的工作。总不应该在这亡国时期过一种糊涂生活。"

吸烟是个人的"小"问题，说着说着，就说道林语堂忧国忧民的"大"文章上去了。言归正传还是说吸烟吧。世间之物，都是一反一正的。有人嗜好吸烟，自然就有人主张戒烟。自己不是烟民，不知戒烟的难与易，不知戒烟的苦和乐。但是看了林语堂的《我的戒烟》之后才知道，在他老人家眼里，吸烟与戒烟这样的生理之别，竟然也是关乎性情灵魂的"大"事情了。

在林氏那儿，烟民也是分三六九等的。凡是只把吸烟当作一种生理过程，随便就能把烟戒掉的人是"不配谈吸烟的"，因为他们"忘记了吸烟乃是灵魂上的事情"。林氏这样的论调可谓是"上纲上线"，出语也是伤人太深。好不容易戒掉了吸烟的"陋习"，却不小心连灵魂也给弄丢了。犹如倒脏水一起把孩子也给倒掉了。虽然林氏言语略有偏执，但却见文人的不羁性情。柏拉图说过，诗人创作时的状态是一种"迷狂状态"。林语堂的"吸烟主义"与其有异曲同工之处。在林语堂看来，文人是万万不能戒烟的。学得文武艺，货卖帝王家。文人以文为生，靠文吃饭。李白斗酒诗百篇，那是因为李白可能不会抽烟，只能借助酒精的刺激，到达迷狂之境，挥毫泼墨吧。估计林语堂的酒量可能是不大好，喝点儿就醉了，未经迷狂的阶段，就已经酣然入睡了。所以林语堂主张以吸烟达到"心旷神怡"的迷狂之境。用老百姓的通俗表达就是"饭后一支烟，赛过活神仙"。我们实在应该佩服老百姓的智慧与境界，这些"有灵魂的人"的体验丝毫不逊色于我们的文坛雅士。

主张"吸烟主义"的同时，林语堂还念念不忘嘲讽一下那些想戒烟的人，"为什么人生世上要戒烟呢？这问题我现在也答得出。但是我们人类的行为，总常是没有理由的，有时故意要做做不该做的事，有时处境太闲，无事可做，故意降大任于己身，苦其筋骨，饿其体肤，空乏其身，把自己的天性拂乱一下，预备做大丈夫罢？除去这个理由，我想不出当日何以想出这种下流的念头。"这下，我们可终于看出了林氏的"庐山真面目"了。虽然较之徐志摩借烟谈文化环境的"大"问题，有了一些"进步"，开始关注吸烟与个人性情、灵魂之事了。但是明眼人早已看出，林氏还是借烟说事，不过这回说的是那些没有性情、灵魂和骨气的文人。自古都说是"文人相轻"，文人说起文人来，自然下语也要尖酸刻薄得多。这样看来，林氏就没有徐志摩那般"绅士"，那般"平和宽容"了。

文学评奖"门外谈"

　　鲁迅文学奖引发的评奖风波还未"盖棺定论"之时，第九届茅盾文学奖获奖名单终于尘埃落定。一些作品获奖自是在意料之中的，无论是作家自身的"声望"，还是作品本身的"质量"，或是此前的"成就"与"地位"，都是获奖的重要因素；当然个别作品获奖也有些令人意外。在时下的文化语境中，意料之中自有其道理，而意料之外恐怕也是有诸多考量吧。总而言之，作为一个普通读者，也只能是理解万岁。再者咱也不是专家，提名的十部作品才看过五部，没啥发言权。内行看门道，外行就看看热闹吧。作品"内部"的事儿谈不了，咱就谈谈作品"外部"的吧。

　　20 世纪 90 年代以来，文学逐渐从"中心"走向"边缘"。但近些年来，文学评奖却每每引发大众的关注，尤其以鲁迅文学奖为甚。引发关注的原因，并不是因为作品好，反而是因为作品"差"。一些获奖作品的"只言片语"被媒体摘录出来，不仅贻笑大方，连我们这些普通的"小方"都觉得这些"只言片语"一无文采，二无才情。现在的阅读是"眼球阅读"，看看标题，看看开头结尾，哪里有耐心细看长文。作品的精华未看到，净看些传媒炒作的"噱头"与"亮点"了。虽然茅盾文学奖的争议没有鲁迅文学奖那么大，但每届评奖后，总会有不同声音出来，甚至是深度质疑的声音，本届茅奖也是如此。

文学评奖备受关注，我以为这并不能说明文学本身的热度与受关注度有多高。这是因为文学评奖的"新闻化"报道与传播，引来了大众对评价中的"争议"与"异见"高度关注。一些激烈批评与坚决捍卫的言说交融在一起，道德立场与专业立场猛烈碰撞的"火花"，被大众媒体放大并迅速传播蔓延。再加之媒体对"争议"与"异见"背后的人事纷争的"深度报道"，使得文学评奖这一过程既有"庙堂之高"，又有"江湖之远"，看点与"亮点"不断。被大众传媒报道包围的读者，哪里还有闲心去看长篇大论的小说，早已被"精彩纷呈"的"矛盾"与"冲突"带走了关注的目光。在这样一场传媒的"盛宴"中，文学反而被再次淡化、边缘化了。不得不说在大众文化的娱乐化与新闻化传播中，这是各类文学评奖一个难以摆脱的尴尬处境。

本次茅盾文学奖的评选过程中，还有一个现象引起了我的注意。就是此前曾获奖的作家，本届再次申报，还有些作家一次申报了两部作品。不知道此种情况之前是否发生过，

恕我孤陋寡闻，我还是第一次看到此类现象。从中我们可以
看到，一方面茅盾文学奖在当代文学中的巨大影响力；另一
方面，可以看出当代作家的些许焦虑。在莫言获得"诺奖"
之前，当代中国作家最大的获奖焦虑就是诺贝尔文学奖。莫
言获奖后，在可预料的若干年中，不大可能再有中国作家
获"诺奖"了。除了个别作家有潜质去争取有国际影响的
文学奖项外，更多的作家还只能是"墙内开花墙内香"，当
然，即便是那些获得国际文学奖项的作家最终也是要"墙外
开花墙内香"，我在几位获得过国际文学奖项的作家的演讲
中，不止一次听他们谈起自己的作品在国外的销量是"如何
惨淡"。

　　茅盾文学奖是当代文学中的"大奖"。获奖除了是一种
荣誉之外，更是一种"文化资本"。这种"文化资本"会很
便捷地转化为现实利益。"文化资本"及其背后现实利益的
巨大的召唤与诱惑，难免让一些作家产生些许的焦虑。人都
是趋利避害的，有焦虑并不是一件坏事儿。焦虑过后，写出
好作品，拿个奖焦虑就没了。

　　总而言之，"门外谈"怎么谈都可以，因为不是"置身
其中"，自然可以淡定自如，可以从容洒脱。以上的话，权
当是"站着说话不腰疼"吧。

一个非"粉丝"眼中的"超级女生"

一、"超女"任逍遥

我开始关注"超女"是最近一个多月的事情。即便如此，在李宇春取得"意料之中"的冠军的当晚，我还是第一次看"超女"，而且因为网络的原因还没有看完。

现在的"超女"可谓是红遍大江南北，引无数痴男信女竞折腰。几个"才俊"女生就弄得全国上下数十万"粉丝"闹个不停。这种空前的盛况实在是出乎我的意料。决赛之时，三足鼎立。看三女相貌、观三女才艺，我实在是找不出她们为何能吸引众多"眼球"的原因。可能也是我落后于时代，无法理解"时代精神的精华"的缘故。但是，我可以负责任地说，在我们的学校中，有其相貌，具其才艺的女生绝非一星半点。这些人也时常在校园的舞台上展露才俊。无奈天地太小，闹不出什么大动静，自然也没有多少"粉丝"可言，顶多就是在同学中间留个名罢了。

由此看"超女"也没有什么大不了的。无非是它的舞台大点儿，可动用的资源多些，又有一套成熟的商业运作机制。这可以说已经是万事俱备，就差"东风"了。东风有二：其一，在今天这个"娱乐时代"里，娱乐已经开始浸淫于社会的每个角落，各种综艺节目此起彼伏，你方唱罢，我方登场，一个晚上可以在不同的频道看数个大同小异的综艺节目。但是，少的就是观众参与，少的就是"人民当家做主"。少的就是"我嘴言我心，我手表我意"。"超女"的海选和短信投票就给了大家这个机会。不管它内部程序如何，不管它是不是民粹式民主，等等。反正是这些投票的人爽了一把，享受了一次决定别人命运的权利；其二，现在好多年轻人都做"明星梦"，只是不知"路在何方"，"超女"至少给了大家一个可能"一夜成名"的舞台。尽管对于多数人来说是机会渺茫，但大家都乐此不疲。颇有"十年窗下无人问，一举成名天下知"的气概。万事乘东风，"超女"不火才怪。

随着"超女"的火爆，就开始有人出来担忧了。诸如担心"娱乐至死"、娱乐节目的"低俗化"，等等。我以为这是有些杞人忧天了，大可不必对"超女"兴师动众、虎视眈眈。"开心找乐儿"是日常生活的常态，我们不必强求每个人都去关心国家大事，这些大事自有人去做，我辈凡人大可不必劳心，何况劳心也没有什么用，"不在其位，不谋其政"。切不可将"日常生活"与"公共生活"混为一谈。对于长期生活在以"政治为纲""经济为主"氛围下的国人，早已厌倦了"一脸阶级斗争"表情的主持人，看够了"一本正经"的时事新闻。现在来点儿幽默诙谐、带点儿"离经叛道"味道的娱乐也不是什么坏事情，也可以给观众换个口味。娱乐与严肃并行，高雅和通俗兼备。东西就在那儿摆着，至于看谁不看谁，让观众自己选。有人喜欢曲高和寡、阳春白雪；有人喜欢大众流俗、下里巴人。这皆为个人喜好口味之别，万不可"上纲上线"，抬到道德、社会风尚的高度。无论是赞赏者还是批评者，正反两方皆不足为取。

其实"超女"唱的是"文化搭台，经济唱戏"的老套路。娱乐大众的背后，商家看上的是滚滚财源。你取乐，我得钱，这样的"双赢"又有何不好？偌大个中国既不会因为"超女"的风行祸国殃民，也不会因为"超女"火爆一帆风顺。"超女"就是一个无关宏旨的娱乐，与国计民生相差甚远。对于它没有必要"杞人忧天"，也不要从中读出什么"微言大义"。就是，"天高任鸟飞，海阔凭鱼越"。"超女"，随它去吧。"超女"任逍遥。

二、"超女"的审美断裂与审美革命

虽然我自认为，自己与社会的时尚大体是脱节的。但还不是太严重，顶多就是慢了一两拍，还不至于完全"跑调"。所以，当我看到三女在 PK 争夺冠军之时，我当即断定张靓颖肯定不会是冠军。这主要是因为她的相貌坑了她，用香港电影中常用的一个审美评价就是她长得太"正点"了，毫无什么"特点"可言。今天的大众文化中缺的不是"标致"，它鼓动的是"标新立异"和"离经叛道"。要是我投票的话，我肯定会投给张靓颖。可是参与"超女"的多是年轻的俊男俏女时代先锋，我自知与这些时尚男女有很大的"审美代沟"。我承认自己"落伍"了，落后就要挨打，自然张靓颖的"群众基础"也就不牢靠不雄厚，落选失败也就是情理之中的事情了。因为，这年头比的不是唱功不是台风，不是什么才艺，比的是人缘人气，比的是谁更离经叛道，谁更能折腾。这些正是张靓颖的弱项。

我虽观念落后，思想落伍，但还不至于顽固到底，认为"天下皆醉我独醒"，而是仍然努力着"与时俱进"，追赶时尚的"潮流"和"方向"。但是因"先天不足"，后天虽努力追赶，却终究不能赶上"超女"的滚滚洪潮。我料想的是周比畅能胜，她赢了我也能接受，我的"前卫"也就到此了。周比畅的长相已经接近"中性化"，女生相中夹带着些"男生气"，两方兼备很具时下的扮相和潮流。但是最后胜出的却是李宇春，这确实出乎我的意料，看来我还未彻底"与时俱进"。左思右想，始终无法释然，找不出李宇春获胜的理由。遂上网看看大家有什么反应，看过之后方如梦初醒，豁然开朗。网上大致是两种截然相对的看法。一方曰：男人胜了；另一方言，女生唱歌不是专门唱给男人听的。看到此，方顿悟，两方言论绝非一时情绪意气之争，这可能是一次"审美断裂"和"审美革命"。我料想，言男人胜了者，多为男生，他们喜欢看的是"闭月羞花，沉鱼落雁"，婀娜多姿，眉清目秀；想听的是吴侬软语，滴滴哆哆，自然就是对李宇春的"粗犷豪放"无法接受了，开始大谈"人心不古"了。说女生唱歌不是专门给男生听的，多半是女生。其实这里面并无多少审美因素在其中，而主要是一种"女性意识"起着主导的作用。她们是从女性作为一个独立自由个体的角度，与传统由男性主导的审美价值进行的一种对抗和抵制。她们要的就是期待中的"男女平等"。就是要和那些"大男子"们较劲儿对着干，其中并无什么微言大义。

　　我不是"盒饭"，也不是"玉米"，总之我不是"超女"的"粉丝"。其实我也想当回"粉丝"，尝尝到底是什么滋味，但是心有余而力不足，就是进入不了那个状态，就是没有那么疯狂和执着。看来我大致也是青春已逝，闲心不在了。以上都是我一个非"粉丝"对于"超女"的一点儿想法，既无捧杀也没棒杀之意。对于"超女"的态度，我看还是主席他老人家的话好，"天要下雨，娘要嫁人，随他去吧"。

颠沛动荡中的文人雅趣

——从冰心给张充和的一幅字说起

　　一百岁的张充和或许还记得冰心写给她的那首小词，那是《西厢记》的一段节录，"一杯闷酒尊前过，你低首无言只自推挫。你不甚醉颜酡，你嫌琉璃盏大，你从依我，你酒上心来较可。你现今烦恼犹闲可，你久后思量怎禁奈何。你与我成抛躲，咫尺间天样阔。"冰心写时没有落下年款，但一般推断应该写于1939年，是冰心一家人在大后方躲避战火时写的。

　　在战事爆发前，冰心与丈夫、社会学家吴文藻均在燕京大学任教，吴文藻是教授，冰心是讲师，两人过着安稳闲适的学院生活，但"七七事变"打破了这安稳与平静。1938年，吴文藻南下到云南大学任教，一家人随之迁至昆明。

　　在大后方，学者教授们经济拮据，生活备显艰辛，据刘宜庆的研究，"1944年的昆明，物价飞涨，通货膨胀得非常厉害了，教授一个月的薪水，购买能力只能相当于战前十元钱。"朱自清也曾在日记中记录了那段辛酸的岁月，"本来诸事顺遂的，然而因为饥饿影响了效率。过去从来没有感到饿过，并常夸耀不知饥饿为何物。但是现在一到十二点腿也软了，手也颤了，眼睛发花，吃一点东西就行。这恐怕是吃两顿饭的原因。也是过多地使用储存的精力的缘故。"

在动荡的年月中，这幅字未必能显示出冰心与张充和之间有多深的情谊。但至少说明了颠沛离散的生活，艰难的生存境遇，仍旧没有完全消磨掉文人学者间唱和雅集的传统。

游宝琼曾在《游国恩先生在西南联大》一文中记述道："父亲忧心国事，开始经常写作旧诗以寄怀。到西南联大后，仍诗兴不减，连同在喜洲写的诗总共有一百多首。"据浦江清 1943 年 2 月 7 日的日记载："天阴，寒甚。在闻一多家围炉谈诗。游泽承谈散原诗尤有劲。传观诸人近作，佩公（朱自清）晚霞诗，重华黄果树瀑布诗，泽承律诗数章均佳。"与游国恩的"位卑未敢忘忧国"的家国情怀不同，西南联大学者们的雅集还有一些是为了"苦中作乐"，是为了那点儿文人的性情与趣味。

冯姚平在《父亲在西南联大》一文中谈及西南联大的学者教授们的文艺沙龙，"有一段时间，大约是 1943 年底或 1944 年春，杨振声建议，彼此熟识的朋友每星期聚会一次，互通声息，地点就选在位于钱局街敬节堂巷的我家。他们每星期有一个规定的时间，聚在一起，漫谈文艺问题以及一些掌故。每次来参加聚会的有杨振声、闻一多、闻家驷、朱自清、沈从文、孙毓棠、卞之琳、李广田等人。这样的聚会不知举行过多少次，有人从重庆来，向父亲说：'在重庆听说你们这里文采风流，颇有一时之盛啊！'"

张兆和擅长昆曲，当时在西南联大的俞平伯、许宝驯夫妇也喜昆曲，"以他们夫妇为中心，吸引了昆曲知音，浦江清、许宝马录、沈有鼎、朱自清的夫人陈竹隐、谭其骧等人，他们成立'清华谷音社'，俞平伯发起并任社长，定期雅集。"当时的联大教授浦江清也在日记中谈到过联大师生唱昆曲的事情，"晚饭后，陶光来邀至无线电台广播昆曲，帮腔吹笛。是晚播《游园》（张充和）、《夜奔》（吴君）、《南浦》（联大同学）不甚佳。"

就是在这些文人的雅集中，还不时地会衍生出几段"苦恋"。其中一段就是诗人卞之琳对张充和女士的"苦恋"。与卞之琳"同命相连"的夏济安就在日记中记录过卞之琳的相思愁绪，"晚饭后卞拿他所珍藏的张仲和女士（他的爱人）所唱自灌的铝质唱片开给大家听，张女士的昆曲唱得真是美极了，听她一唱，我对昆曲才开始发生兴趣。"夏济安的弟弟夏志清在其兄的《夏济安日记》前言中，也谈及过卞与张之间的"苦恋"，卞之琳"多少年来一直苦追一位名门闺秀（沈从文的小姨，写一笔好字，也擅唱昆曲）"。1948 年，张充和嫁给了美国汉学家傅汉思，远赴重洋。直到 1980 年，卞之琳才在美国与张充和再度"重逢"。

冰心与现代文坛上的女作家的交往似乎并不深入，甚至还与林徽因有过一段"恩怨情仇"。李健吾在《林徽因》一文中说过，林徽因曾亲口对他说："冰心写了一篇小说《太太的客厅》讽刺她……她恰好在山西调查庙宇回到北平，她带了一坛又陈又香的山西醋，立时叫人送给冰心吃用。她们是朋友，同时又是仇敌。"

相比之下，冰心与现代文坛上的一些男作家的交谊都很深，比如巴金、萧干等。在冰心的性格中，除了我们常常提及的那种"爱的哲学"之外，还有一些更为博大、硬朗的因子。这或许与冰心在童年时期长期受到身为海军军官的父亲熏染有关，"我整天跟在父亲的身边，参加了他的种种工作与活动，得到了连一般男子都得不到的经验，为一切方便起见，我总是男装，常着军服。父母叫我'阿哥'，弟弟们称呼我'哥哥'，弄得我后来我自己也忘其所以了。"

1980 年 6 月 12 日，冰心因患脑血栓导致右半侧身体瘫痪。右手无法再写作写字。这让她的情绪变得很不好。后来在女儿的帮助下，坚持每天练字，慢慢地才又可以重拾笔端。但找上门来题字的人多到应付不过来，她都尽量满足人家，有一次，她对吴泰昌说，"我的字写得不算好，我从前练过字，但没讲过法，我的字不能算是书法。人老了，为人留下点字，无非是留个历史的回忆与纪念吧。"现如今文人也多有雅兴，喜挥毫泼墨。文人书画又躬逢"盛事"，收藏者众多，标价年年攀升。但愿，在这点墨间也能为人留下些"历史的回忆与纪念"。

鲁迅为何不是"教授"

教授，在今天的社会中，是一个有着良好社会声誉和优越物质待遇的一个职位。它是高校里众多青年教师梦寐以求的一个位置，他们沿着助教、讲师、副教授和教授的"阶梯"一步一步地往上爬，有的人"一步登天"，有的人步履维艰。"一步登天"者，未必有真才实学；步履维艰者，也未必不学无术。

除了学校里的人，对于教授的职位"心向往之"之外。象牙塔之外，也有各色人等觊觎于这个"名利双收"的位置。什么著名的演员，知名的歌手，政府的官员，腰缠万贯的企业家，纷纷昂首迈进了校园的讲堂，成了什么"特聘教授""兼职教授"，等等。不管前面放的是什么定语，反正中心语是"教授"。这些与学术不相关的"名人"能够走进课堂，实在是双方"互惠互利"的结果：名人走进课堂，借此给自己进行下"文化包装"，以后无论走到哪里，大小也都是个教授了，无论学问怎样，地位在那儿摆着呢；学校也借助名人，提高自己的知名度，其实未见其长久，只是双方都求一时的轰动效应罢了，两者都是和学术无涉的事情。不仅是一些急于"出名"的无名气的学校这样操作，即使是一些知名学府也是乐此不疲。就是这样荒唐的事情，却能长盛不衰，实在是令人深思。这时我又想起了鲁迅和他生活的那个年代。

1917 年蔡元培先生主政北京大学，三年之后，1920 年 12 月鲁迅走上北大的讲台。鲁迅开始在北大授课，主讲"中国小说史"和"文艺理论"。其中"中国小说史"是在"中国大学中文系教育中尚属首创"（钱理群语），后来根据在北大的讲义鲁迅写成了《中国小说史略》一书，直至今日该书仍是研究者不可忽视的经典之作。若以今日之眼光看，大家一定会以为凭借鲁迅的地位和影响一定会是"教授"，而且该是"知名教授"。其实不然，鲁迅在北大任教的时候，只是一个讲师。这并非是鲁迅的学术水平不够，也不是因为鲁迅不是"海归"（人家鲁迅也在日本留过学），而是不够"资格"。当时的北京大学规定，兼课的老师只能被聘为讲师，无论水平多高。只有专职的老师才能当教授，鲁迅就是因为不是专职才没有"资格"当教授的。看看今天的那些所谓的"兼职教授"，只是做了一个演讲，上了两堂半课，稀里糊涂地就当上了"兼职教授"了，当得如此容易、轻松。

在时代历史的变迁中，足见学术的荣辱浮沉。学术的独立和尊严，理所应当地由这些"学术中人"来珍惜、来守护。既然如此，就从"保卫教授"开始吧。

鲁迅先生的笑及其他

晚上台灯下读周作人自编文集《鲁迅的青年时代》，读到《鲁迅的笑》一文。毕竟是兄弟，一起长大，一起留日，曾经一起并肩战斗过。即使日后"反目"，也不影响这位弟弟对于其兄长的认识和了解。

周作人在文章中说：

鲁迅最是一个敌我分明的人，他对于敌人丝毫不留情，如果是要咬人的叭儿狗，就是落了水，他也还是不客气的要打。他的文字工作差不多一直是战斗，自小说以至一切杂文，所以他在这些上面表现出来的，全是他的战斗的愤怒相，有如佛教上所显现的降魔的佛像，正如盾的向里的一面，这与向外的蒙着犀兕皮的不相同，可能是为了便于使用，贴上一层古代天鹅绒的里子的。他的战斗是自有目的的，这并非单纯的为杀敌而杀敌，实在乃是为了要救护亲人，援助友人，所以那么的奋斗，变相降魔的佛回过头来对众生的时候，原是一副十分和气的金面。

而在我的对于鲁迅仅有的肤浅认识中，最早的便是毛泽东对于鲁迅的概括，因为在初中、高中的教材上就以此为是。毛泽东说，鲁迅不仅是伟大的文学家，也是伟大的思想家和革命家，而且鲁迅骨头是最硬的，鲁迅是最有骨气的。在这里鲁迅给人的是一个典型"反帝反封建"的不苟言笑的"硬汉"形象。上了大学，也读了点儿鲁迅。大致是从20世纪90年代初开始，连续出版了好几种有关鲁迅与论敌们论战的书。无论各家的目的何在，这多多少少都会让人觉得鲁迅是一个自始至终都在"打架""骂人"的倔老头，而且是一个"生命不息，战斗不止"的"斗士"形象；时间转至20世纪90年代末及21世纪初，一直被打入"冷宫"的胡适，因为种种原因一些人又把胡博士请了出来。但是这些人，还不善罢甘休，不仅要为胡博士"平反"，而且还要追根溯源。他们认为这些年在中国思想文化界一直都是鲁迅"大行其道"，所以才把胡适的重要性给"湮没"了。于是一些人便开始"贬鲁扬胡"（其实扬一个，又何必贬另一个呢），开始在"鲁迅式"和"胡适式"的道路上进行选择（其实人生的路，千万条，为何要拘于一条呢）——"是鲁迅，还是胡适？"在这样的文化景观中，鲁迅又成了一个坏事、误事的"老愤青"了。

其实无论怎样，在这些人的言论中，或是以鲁迅为之所用，或是与外界随波逐流而随意指摘贬抑。这些人都不如周作人的见解来得亲切平时，也不如周作人的"平心而论"来得无功利性，因为周作人彼时作文，是无褒贬之心的。

周作人的话，让人想起了鲁迅的笑。在我们习以为常的"横眉冷对千夫指"之外，其实我们的"大先生"也时常有爽朗的笑声，正如萧红在那篇著名的《回忆鲁迅先生》开篇说的那样："鲁迅先生的笑声是明朗的，是从心里的喜欢。若有人说了什么可笑的话，鲁迅先生笑的连烟卷都拿不住了，常常是笑的咳嗽起来。"然而在今天，我们却常可见到各色人物的笑：有幸灾乐祸的狞笑，有奴颜婢膝的媚笑，有琢磨不透的冷笑，有不知何故的傻笑，就是难见真心实意的哈哈大笑。在各色的笑声中，呈现的都是一团和气，就像毛泽东说的那样"白天喝粥，晚上看戏"，其乐融融。"物以稀为贵"，既然笑见得多了，鲁迅先生那副惯有的"愤怒相"就成了宝贝了，就显得可贵多了。所以作家张炜才高呼"诗人，你为什么不愤怒"。其实人人都知道，这个时代是需要那么点儿愤怒的。但是人人也知道，在这个时代愤怒是需要代价的，所以人人也不愿愤怒，即使是为自己也不愿。我们都知道的事情，鲁迅又何尝不知道呢？我想，其实我们的那位"大先生"是知道的，他也知道一副"绅士"派头招人喜欢，尤其受名流雅士们的青睐。可他却总是与人"不方便"，这主要还是性情使然，用今天的话说就是要活得"爽"，其中也未必有什么微言大义的。鲁迅先生是个性情中人，悲愤时怒骂，快慰时大笑，喜怒皆行于色。

其实，怒也罢，笑也好，只要是出自真性情就好。今天的人，活得憋屈，甚至有点儿可怜，主要原因在于千方百计地掖着藏着自己的那点儿真性情。这样看来，尽管我们赶上了"新时代"，吃得好了，穿得暖了，但其实远没有鲁迅活得潇洒，活得痛快，活得真实。

"娱乐时代"的杂文写作

鲁迅曾将杂文比作"投枪"与"匕首"，从中足以见到鲁迅把杂文看作医治社会病态、毒瘤的利器。因此杂文的风格自然就要犀利与猛烈。在风雨如晦的 20 世纪二三十年代，鲁迅所提倡的"战斗"的杂文曾大有用武之地。

我们今天的社会，到底是一个什么样的时代？各个领域的学者们众说纷纭："后工业时代""后现代社会""读图时代""动漫时代"，等等。最近在一本《娱乐至死》的书中，作者断语当下是一个"娱乐时代"。环顾左右，我认为大体上"娱乐时代"的概括还算是准确的。

在现实的文化环境中，"主旋律"就是"娱乐"。从文字媒介到视觉媒体无一不是以娱乐为中心。在文学领域，先是文学的"庸俗化""痞子化"直至"身体写作"；接着从央视到各地方台，各种综艺娱乐节目接踵而至，你方唱罢我方登场：开心词典、幸运 52、玫瑰之约、亲情之旅等各种矫情和"伪抒情"的节目比比皆是不一而足。总之，今天的文化始终是在围绕着一个主题——"找乐儿"。

与读者期待的"找乐儿"相比，杂文则是"找气儿"。现在有一句很流行的话，世界上并不缺乏美，只是缺少发现美的眼睛。如果真的是"眼光决定一切"的话，那么在杂文的眼中看到的永远是丑陋与缺陷。作为一个现实中的人，几乎是无时无刻不处在社会的丑陋和缺陷之中，承受着由此带来的种种不悦与痛苦，这本来就是一件让人够郁闷的事情了。那么大家又何必在阅读杂文中获得"二次郁闷"呢？

以一人之力想改变一个环境，简直就是蚍蜉撼树。饱受各种折腾的中国人对这个道理应该是有深刻体会的。所以，与其接受"不可为而为之"的悲壮，还不如在"委曲求全"中自得其乐。这样，娱乐也就成了这种文化心理的最好选择了。

在"娱乐时代"中，杂文处于一个极为尴尬的文化位置。社会的丑陋与缺陷依然如故，仍需杂文的"投枪"与"匕首"。但是整个社会的氛围却是"娱乐至上"，这明显远离杂文的"刀光血影"。杂文的任务依旧，可是杂文存在的文化土壤却日益萎缩。真的不知道，这，是杂文的不幸，还是国人的幸运？

"美文时代"的杂文写作

在今天，有好多对于杂文以及其现状的批评，集中起来大致有两个方面：一是认为杂文的"思想性先天不足"；另一个是认为杂文的"文学性薄弱"，本文想就第二个方面谈点看法。

进入20世纪90年代以来，不知道什么原因，突然在文学圈内兴起了所谓的"美文热"。首先是现代文学史上被主流文学史忽视的一些作家开始"浮出地表"，他们的风格或是高山流水、清淡闲散，或是恬静婉约、琐细精致。在经历了当代文学的"泛政治化"倾向后，这些作家所强调的就是对于生活的"个性化"理解和"审美化"表达，重新诠释了对于文学的理解，在此之后它们成了文学的"正宗"——纯文学。其次，伴随着"副刊文化"在90年代初期的兴起，散文开始重新占据了在文学中的重要位置，尤其是以那些文字优雅、风格纤细，对于生活进行"审美化"理解的"小女人""小男人"的散文为最。现代文学中的美文作家重新复活，当代文学的美文作家持续创作，共同塑造了一种文学的欣赏口味——文学的"美文化"和"精致化"——开创了一个"美文时代"。

其实作为纯文学本身，追求"美文化"和"精致化"本是无可厚非的。但是杂文要是视自身为广义的文学的话，那么为何会在这个"美文时代"处于尴尬的境地啊，我觉得就是对于杂文的定位有问题。杂文的性质主要是由它的表现对象决定的，它要表现和批判的是一种"病态"的和"扭曲"的人生和社会，这就决定了杂文在内容上不可能是娱乐的，即使有"嬉笑怒骂"也是一个形式表象；同时它也制约着杂文的表现形式，它不大可能成为"美文"，正所谓"良药苦口利于病，忠言逆耳利于行"。如果"美文"是"小资"的话，那么杂文就是"贫农"，就是"面朝黄土，背朝天"。与其以一个"贫农"的身份去追求"小资情调"，还不如种好自己的地，耕好自己的田呢，"与其临渊羡鱼，不如退而结网"。

说杂文"思想性先天不足"的根子并不在杂文，而在于杂文的作者，是作者的思想资源和文化视野的先天不足造成的。说杂文的"文学性薄弱"，是以"美文"为文学之"正宗"来审视杂文等文学的"非正宗"，实乃是理解的错位。杂文本身就不是什么阳春白雪，曲高和寡之物，那为何又强而为之呢？

杂文写作的"限度"

鲁迅在他生命最后的一段时间里，在上海写作了大量的杂文。在这个时段内鲁迅不断地变换自己的笔名，大概有数十个之多。其主要的目的就是躲避当时的出版审查制度，保障自己的安全。杂文的"批判性"与社会制度的"包容性"是一个张力关系，任何制度都会有它所能容忍的限度，这个限度也就构成了杂文写作的一个"外在限度"。对于这个限度，无数的杂文作者都是在不断地追求和突破。但是我认为还有另外一个限度被多数的杂文作者给忽视了，或者是没有自觉到这个限度的存在。我所说的这个限度就是杂文作者自身的"内在限度"。

在当代中国，由于思想改造、"反右"和"文革"等一系列的政治运动，使得知识分子不再有独立的立场和"自由的言说"。在"革命浪漫主义"的要求下，作为以批判和揭露黑暗为旨趣的杂文更是销声匿迹了。作为一种文体的杂文一直处于"不在场"的状态，杂文作者也开始了"失语"的梦魇。直到随着"新时期"的开始，杂文才开始浮出水面，杂文作者重新获得了发言的机会。尤其是那些早已成名的老杂文作者们迎来了自己创作的"第二春"，和重新复出的作家们被文学史家称为"归来者"。

在重新获得了写作权利之后，杂文作者们开始用他们的笔来发言，痛斥和批判那段风雨如晦指鹿为马的历史，倾诉自己的辛酸血泪。其中一些更为成熟和深刻的作者也开始逐渐为"文革"寻找文化和制度的根源。但是我们仔细地阅读他们的人生轨迹和杂文创作，就会发现，这些作者和他们的作品本身与他们的批判在某种程度上是存在着悖论的。这些作家有好多是"少年布尔什维克"或是"中年布尔什维克"，在他们最需要构架和丰富自己思想资源的时候，单一而坚定的信念代替对于理论和知识的学习。当单纯的信念和残酷的现实发生矛盾时，可能会刺激他们反思一些东西，但是就是这么一点儿"苗头"又被接连的政治运动给冲断了。直到"新时期"开始，这些老作家们才开始有机会反思那段历史。但是这种反思主要基于作家自身所遭受的苦难和悲剧，而不是从理论和思想上进行彻底的反省，所以极容易成为对于往日困难的简单而愤怒的控诉。在这样的意义上，控诉苦难的和制造苦难的往往使用的都是一套话语系统和思想资源，而不会从根本上有所批判和超越。对这些老杂文家而言，他们的"人生命运"和"阅读经验"构成了他们创作的"内在限度"，这就构成了他们创作上根本的局限。当然，这种局限并不会影响他们创作的实绩和在不同历史阶段所起到的社会作用。

进入20世纪90年代之后，涌现出了一批杂文写作的新锐，这些人相对于那些功成名就的老杂文作家而言，他们的知识结构更为完整、合理，也更有才气。也正因如此，他们才需要以更大的责任感和更充足的勇气来对社会领域中的各种问题进行批评。与老作家相比，这些新锐们似乎更乐于"指点江山，激扬文字"。但是在这种激情的背后，也隐含了这些新锐们的缺陷。这些新锐们既不是理论家，也不是思想家，他们所依赖的思想资源多是"二手"的，即使不是二手的也未必能够精通于此。因为急于对于社会上纷繁复杂的问题发言，所以新锐的作家们也不断地变换自己的思想资源，其多数的结果往往是弄成了"夹生饭"。用一个朋友的话说，杂文是用"二流的思想"来关注"一级的问题"。新锐作家的身上多带有一种"哲人王"的心态，这恰恰成为他们能够自觉反思的最大的障碍。

无论是杂文名家还是杂文新锐，杂文创作都是一种文学创作，他们对于人生诸问题的关注也是"文学式"的，在他们那里对于社会人生问题的批判和审视也多是基于"情感的涌动"和"道德的激情"。在这里很容易以冲动代替理性，在批判问题的时候再次把问题给"简单化"了或是把问题的实质给遮蔽了。这不仅是杂文创作，同时也是以"文学方式"关注社会人生问题之时所要自觉和反思的限度。

为何"全集"不"全"

在今天的出版业中，中国现当代作家或是学者的全集编撰过程中，"全集"不"全"的现象已经不是一种偶然的情况了，它已经成为一个普遍性的问题。

造成这种问题的原因，除了由于史料限制，作品散轶的原因之外，我认为还有一些其他重要的缘由，造成了这种对于作家全集"腰斩"的现象。

首先是出于维护作者所谓"良好形象"的需要。在中国的文化界中凡是能够出全集或是多卷本文集的人都是些"重要"的人物，他们或者是他们的后人尤为看重作者本人在读者心目中的"良好形象"。从人性上讲，他们都应该是高尚的人、脱离了低级趣味的人，凡是与此相悖的文字皆应剔除，否则就要破坏了作者的"纯洁形象"，更有"毒害"读者之嫌了；从革命立场上来讲，这些伟大的人物都是坚定的爱国主义者，与此冲突的文字不选（例如周作人担任"伪职"后的一些文字）；从知识的角度讲，这些人一直是真理的执着追求者和捍卫者，与此相反的文字不选（如一些作家均不把自己在新中国成立后迫于形势所做的违心的检讨和对他人的批判文章选入全集之中）。

其次，在市场经济的商业大潮推动下，追求利益最大化成了社会生活中一个重要的准则了。"一切向钱看"成了"腰斩"的经济动因。无论是现代作家还是当代作家，他们的文集、选集不断地"推陈出新"，每次都有一个不同的名头。除了每本的内容上大体一致之外，一定会有那么一两篇内容不同的文章，执着的读者就为这么点儿新内容也会花上个全价。"全集"不"全"也有这方面的原因，以此可以出"修订版""补集"和什么"集外集"之类的东西。总之就是要尽最大的可能从读者的钱袋中掏出人民币来。

最后是对于作品中有些可能"影射"现实的顾忌。大概是从清朝开始，"文字狱"便成了无数文人士子的"招魂牌"，直至当代中国的"小说反党""影射史学"更是将这种"因文获罪"的传统推向了顶峰。尽管现在的作家大都是热衷于"身体"，而不大关心"政治"了，很少会有什么"影射"的问题了。但是在历史和现实之间，往往是有着惊人的相似性和重叠性，很可能是作者在几十年前的文字，却验证了今日中国的现实。这种吻合难免会触及一些人敏感的神经，想起那些曾经有过的"影射文字"。出于这样的顾忌，全集也是难"全"。

　　作为一个个体来讲，在历史的长河中是微不足道的、弱小无力的。在特殊的历史环境中，做出了一些无奈的选择、说了一些违心的话，这些都是可以理解的"人之常情"。同时这些也是历史名人生命中重要的组成部分，是无论如何不应该被剪切掉的，也是无法改变的历史事实。

　　"全集"就要名副其实。就要全面地展现一个作家的风貌，同时也为后来者留下一份珍贵的历史记录。

后　记

　　我没想到，自己的第一本书要出版了。几年前，就有不少师友撺掇我把博士论文出了，我一一谢过了那些好意，主要原因是不想自曝家丑。

　　读大学前，除了能把各种考试应对自如外，我没有好好读过书，尽情玩耍享尽童趣。我的父母都是工人，和许多那代人一样，他们虽然不懂什么是经典、哪些是好书，但对经典和读书充满敬畏，也对我寄予厚望，父亲一有机会出差，就会给我带回来一本字典或词典，至今在我老家的书柜里还放着数本新华字典、同义词词典、近义词词典、成语词典等。它们就是父亲认为的好书。想想那些词典，看看日渐苍老的父亲，特别是我自己也做了父亲之后，真是心生无限感慨。

　　上大学后，我才开始真正的读书生活。吉林大学文学院的氛围宽松自由。从大一下学期开始，我便大规模地逃课，去图书馆看书，或者去旁听哲学系的课，我几乎把哲学系本科生的必修课都听了。那时，无忧无虑，读书是生活的主要内容。也就是从那时起，父母给我的生活费常常不够花。那些透支的部分基本都用来买书了。书越买越多，书架放不下了，就摞到床上。有很多在书中远行的白天。有很多枕着书香入睡的夜晚。

我不是一个惜时、励志的人。可书读得多了，便经常有质疑、追问、评说的冲动。没想到，居然也留下了很多阅读与思考的文字。博士毕业后，有幸留校任教。面对学术体制"有形的手"和"无形的手"，我有些尚可适应，有些则难于应对。往日的悠闲和从容日渐为庸常的烦琐与逼仄所替代，毫无功利的自由阅读被学术考核、职称晋级追赶得难有容身之地。现如今，发论文、申项目是学术体制中的"硬道理"，读书论道再风雅也至多算是"软实力"。在勉力伺候"硬道理"的这些年中，我还会经常任性地邀来一些我喜欢的时光，与之一起"躲进小楼成一统"，重温自由阅读的快乐。

这本小书中所收的文字，除了两篇论文外，其余都是读书的札记与随笔。这些文字皆是我有感而发主动为之的。存录在此，是对那段自由时光的纪念，也是警醒自己，不忘阅读、写作的本意与初心。

从读书到教书，这十余年间，尽管自己鲜有进步，但诸多师友还是关爱有加，不离不弃。这些人间暖情，我都铭记在心。

　是为记。

　　　　　　　　　　　　　　　　　　张　涛